OS APARADOS

Outras obras da autora publicadas pela Editora Record

O anjo e o resto de nós
A casa das sete mulheres
O pintor que escrevia
Cristal polonês
Um farol no pampa
Uma ponte para Terebin
De um grande amor e de uma perdição maior ainda
Prata do tempo

Leticia Wierzchowski

OS APARADOS

EDITORA RECORD
RIO DE JANEIRO • SÃO PAULO
2009

CIP-Brasil. Catalogação-na-fonte
Sindicato Nacional dos Editores de Livros, RJ.

W646a   Wierzchowski, Leticia, 1972–
        Os aparados / Leticia Wierzchowski. – Rio de Janeiro:
        Record, 2009.

        ISBN 978-85-01-08521-4

        1. Romance brasileiro. I. Título.

                        CDD – 869.93
09-5400   CDU – 821.134.3(81)-3

Copyright © Leticia Wierzchowski, 2009

Capa: Virgilio Neves

Foto de capa: Phil Leo/Getty Image

Texto revisado segundo o Novo Acordo Ortográfico da Língua Portuguesa

Direitos exclusivos desta edição reservados pela
EDITORA RECORD LTDA.
Rua Argentina 171 – Rio de Janeiro, RJ – 20921-380 – Tel.: 2585-2000

Impresso no Brasil

ISBN 978-85-01-08521-4

PEDIDOS PELO REEMBOLSO POSTAL
Caixa Postal 23.052
Rio de Janeiro, RJ – 20922-970

EDITORA AFILIADA

Para Marcelo, João e Tobias.

E para Flávia, que me convidou a subir a serra.

"Terror de amar num sítio tão frágil como o mundo."

Sofia de Mello Breyner

1.

A chuva batendo no para-brisa do carro. A chuva vem em golfadas, escorre pelo vidro como se quisesse entrar ali. Você não tem saída, parece ser isso que a chuva diz. Ele guia em silêncio. Todo mundo pode estar perdido, mas ele tem um lugar para onde ir.

A estrada é sinuosa e deserta; imersa no escuro da noite sem estrelas, aqui e ali engolida pela água da chuva, que a redesenha, que a apaga, que quer vencê-la, a estrada resiste e estende-se para cima. Sempre para cima.

Ele conhece bem essa estrada. Faz anos que vai por aqui, duas vezes por semana. O carro cheio de fios, de brocas, de material, de livros. Depois o carro levou os velhos discos, um toque sentimental. Levou cobertores, lençóis, almofadas, casacos, pratos, taças, garrafas de vinho. Sempre o que ele mais gostava: as taças azuis, que tinham sido de Laura, o edredom que comprara com Júlia em Montevidéu, a caixa com as fotografias de

Laura, onde também estão as fotos da própria Débora, ainda uma menininha, os cabelos loiros soltos pelas costas, o riso alegre e aqueles olhinhos brilhantes de ver o mar. Tão diferente da Débora que agora ressona no banco de trás. Mas, afinal de contas, ele não sabe dizer a quem Débora saiu — é muito diferente da mãe, e é diferente de Júlia.

No escuro do carro, a luz amarelada dos faróis tenta romper a turva barreira de água, e ele sorri. Sempre esquece que Débora teve um pai. Um pai que a abandonou, é verdade. Esses olhos verdes, hoje desconfiados, são dele. Talvez Débora tenha herdado mais do que os olhos daquele pai que foi embora quando ela estava com cinco anos; talvez os dois dividam a mesma teimosia, a mesma ânsia de liberdade. E em algum lugar do Brasil, ou ainda do mundo, Antônio esteja quebrando barreiras sociais, ou então deixando sozinha para se virar na vida uma outra mulher, uma outra Laura. Vá saber. Ele mesmo não sabe de muita coisa. Sabe apenas que quer chegar, e a viagem, com esta chuva, ainda vai levar pelo menos mais uma hora e meia. Isso se não caiu nenhuma barreira no meio do caminho, isso se puder abastecer o carro, se encontrar combustível pro carro em algum lugar no meio do caminho; isso se não for roubado, assaltado, sequestrado. Porque tudo pode acontecer. Tudo já está acontecendo.

No painel computadorizado, ele aciona a luz do teto. Um brilho amarelado enche a cápsula de silêncio que divide com Débora. No painel: 23° Celsius. Lá fora deve estar fazendo uns 28 graus, mesmo com a chuva, mesmo com o vento que sacode o carro como se quisesse jogá-lo encosta abaixo. Mas ele guia bem. Ninguém diria que tem sessenta e três anos, e que a menina no banco de trás, grávida, é sua neta. Ninguém diria.

Acontece que ele casou cedo: aos dezenove anos conheceu Júlia no primeiro ano da faculdade de Engenharia. Aos vinte, estava casado; aos vinte e dois, ajudou Júlia, que não queria médicos para cortar seu barato, a pôr Laura no mundo. Acontece que Júlia era uma riponga que tinha vindo de uma Garopaba quase desconhecida para vender incensos no campus da UFRGS; acontece que pôs os olhos nela e alguma coisa quebrou-se dentro dele. Júlia era moça o suficiente para que a vida hippie, a maconha e a pouca comida ainda não lhe tivessem roubado o viço. Era loira, os cabelos pareciam de prata. Era bonita, era alegre, topou jantar com ele porque estava com fome. Depois topou passar a noite com ele, e talvez nesse quesito também não fosse lá muito exigente, mas então alguma coisa aconteceu e os dois não conseguiram mais se separar. Também ele era um cara bonitão, alto, forte, esportista. Júlia não voltou mais para Garopaba, mas foi viver no apartamento de um quarto que ele ocupava no Bom Fim, e ali pareceu aclimatar-se a contento, frequentando as feiras do bairro, comendo as verduras que ela plantava na horta do prédio e distribuía para as velhas vizinhas judias, fumando maconha dentro do banheiro para que a senhoria não sentisse o cheiro da erva. Se existia amor, então amor era aquilo que os dois tiveram.

Ele ouve a neta falando no sono. Vê a cabeça de cabelos escuros caída sobre os travesseiros; vê a barriga desenhada sob a bata de algodão. Sete meses e meio, e a menina não faz um exame, uma ecografia, nada. Bem, talvez Débora seja mais parecida com a avó do que ele gostaria de pensar. E se é verdade, se é verdade que a neta tem alguma coisa daquela Júlia que usava saias rodadas e ensinou-o a comer berinjela e abster-se de carne vermelha, então ele queria que ela estivesse aqui outra vez. Júlia, uma Júlia de sessenta anos. Mas o fato é que ele sempre quisera a mulher de volta. Fazia já doze anos que ele queria Júlia, porém os mortos não voltavam. E Júlia tinha morrido de câncer, deixando-o sozinho na casa que eles tinham feito juntos; deixando-o sozinho numa vida estéril. Depois que Júlia se foi, tudo meio que saíra dos eixos. Só dois meses mais tarde (ele ainda se lembrava do telefone tocando na salinha que ele ocupava na universidade), aconteceu a voz de Laura zunindo nos seus ouvidos. Antônio foi embora, ela disse. Sim, Antônio foi embora, Júlia tinha ido embora havia tão pouco, e ele ficara com as duas meninas para criar sozinho. A filha e a neta. A neta que, agora, geme no banco de trás. Tem um sonho ruim. Ou é o bebê. Ele ainda lembra das noites de Júlia, a barriga inflada, os enjoos, a dor nas costas. Naquela barriga perdida no tempo das suas lembranças é que estava Laura. Mas nessa barriga, ele tem certeza, ele tem certeza sem nem saber por que, está um menino. Sim, ele vai ganhar um bisneto. Ele já sonhou com o bisneto e é por isso que não duvida. Mas talvez seja apenas a lei das probabilidades, pois ele é um engenheiro e a sua vida sempre foi feita disso, de lógica. Assim, parece lógico que depois de tantas mulheres, ele, Marcus Reismann, engenheiro, Leão com ascendente em Peixes, ganhe um menino que o acompanhe no final. Parece lógico e parece provável. Mas não passa de um pressentimento.

Finalmente, Débora acorda. Abre aqueles olhos verdes que sempre o angustiaram. Passa as mãos pelos cabelos. Seus dedos têm unhas longas e ela não usa anéis. Ela boceja, mostra as gengivas saudáveis, encolhe-se um pouco.

— Está com frio? — ele pergunta.

Ela olha-o sem sorrir. Mas não há mágoa nesse rosto. Não há nada. Ele pressente que ela está completamente perdida, e talvez revoltada. A gravidez não estava nos planos. E nem a viagem. Ele fazendo o papel de avô mandão pela primeira vez na vida. Mas, segundo Débora tinha lhe dito na discussão que haviam tido ainda antes de partir, essa não era a primeira vez que as coisas tinham que ser como ele queria.

— Faz tempo que não sei o que é sentir frio — Débora responde finalmente. — É como se eu tivesse um vulcão dentro de mim.

— No meu tempo, os verões duravam três meses. Agora duram seis.

Ela dá de ombros, olhando pela janela embaciada, riscada de água da chuva.

— Pois o meu verão vai durar nove meses.

Pelo espelho retrovisor, ele vê Débora lançar um rápido olhar para o ventre. Tenta pescar nesse olhar algum sentimento. Raiva, talvez. Mas novamente não há nada ali, a não ser o ofuscamento do sono.

Ele ouve-a suspirar, enchendo seus pulmões com o ar perfeitamente climatizado do carro. Esse ar artificial.

E então diz:

— Se for só por causa do calor, a gente não precisa subir a serra, vovô.

E esse *vovô* é uma faca cortando o espaço exíguo. Ele mesmo se sente estranho sendo o sujeito a quem aquela palavra se destina. *Vovô.*

Mas entra no jogo e diz:

— Se for por causa da escola, também não há motivo pra ficar, Débora. Você faltou os dois últimos meses seguidos, o ano já estava perdido mesmo.

Ele sente os olhos verdes dela refulgirem no escuro. Como os olhos de um gato arisco.

— Não vamos recomeçar — ela pede. — Eu estava enjoada, você sabe.

— Enjoada demais para atender ao telefone.

E então ele faz acionar a música. Bach, como num passe de mágica. E a chuva parece cair no ritmo da melodia. A chuva parece antegozar o ápice da música. Numa curva da estrada há uma fenda no asfalto. O carro treme, reclama. Os pneus deslizam por um segundo, mas seguem adiante. A terra desceu da encosta, trazida pela chuva dos últimos dias, é o planeta vomitando as próprias entranhas. Ele vê o rosto de Débora, semiencoberto pela escuridão: é um rosto bonito, viçoso. A boca de lábios finos é larga, tem dentes simétricos. Os olhos verdes são agudos e inquietos. Os contornos desse rosto agora parecem suavizados pela gestação; mas ele faz um esforço e imagina-a na cama com o namorado. O que passaria por esses olhos? O que essa boca, que faz pouco teve um leve tremor de medo, o que essa boca diria? Bem, ele é um velho. Para essas coisas, é um velho. Mas o desejo é igual em todos nós, ele pensa. Somos bichos. Uns bichos destruidores e tolamente ambiciosos, mas ainda assim bichos.

— Estou com fome — diz Débora.

Ele aperta um botão e Bach silencia. A fome das grávidas é sublime.

— Aí no chão, dentro da sacola azul, tem maçãs. Eu fiz sanduíches de queijo também. Há muita comida no porta-malas, mas não convém parar o carro aqui nesta escuridão. Mais à frente, há um posto de abastecimento. Este carro é híbrido, mas mesmo assim precisa de combustível. Se o posto estiver funcionando, então posso lhe comprar um café.

— E vamos viver disso lá em cima? De maçãs e pão com queijo?

Ele sorri, mirando-a pelo retrovisor. Em que momento ela enveredou por aquele caminho? Seria duvidoso que uma garota de dezessete anos, mesmo órfã de mãe, não conhecesse nenhum método contraceptivo. Afinal, havia a internet e tudo o mais.

— Você vai se espantar, Débora. Vai se espantar com o que eu fiz lá em cima. Desde que a Júlia morreu, eu trabalho naquilo. Era um sonho da Júlia, ir viver na serra. Então eu comprei a casinha, e tem uma nascente no terreno. Depois começaram as chuvas, as secas... Bem, você sabe, tudo isso — e faz um gesto mostrando a tempestade e a escuridão lá fora. — Então eu fui preparando a casa para que ela ficasse autossuficiente. Energia solar, por exemplo. A casinha gera sua própria energia. E eu tenho uma horta, duas vacas, um pequeno pomar de árvores frutíferas e outras coisas mais.

A menina abre um sorriso, talvez o primeiro sorriso afável da viagem.

— E eu pensei que a hippie era a vovó... Você, Marcus, não usava gravata e trabalhava num escritório na universidade?

Ele solta uma gargalhada.

— Isso de segunda a sexta. Você não sabe o quanto podem ser intermináveis os finais de semana de um homem viúvo.

— Bem, a mamãe se preocupava com você...

Ela diz isso e uma sombra escurece seus olhos: ela lembra da mãe. Assim, nesse momento, os dois se igualam na tristeza, afinal Laura é a interseção entre eles. Mas é uma dor sem palavras. E então ele agradece àquela barriga a continuação de todas as coisas, de todos eles. Agradece o instante que gerou aquela barriga. Um espermatozoide correndo até o cérvix e encontrando o óvulo à sua espera, o espermatozoide entrando no óvulo porque ali dentro está o futuro.

E, nesse momento, a estrada faz uma curva íngreme para a direita. Ele gira a direção seguindo a serpentina de concreto que corta a montanha, mas, sem que saiba por que, o carro dá uma súbita guinada, alguma coisa arrebenta, *bum!*, como um balão de ar, e o carro se descontrola sob a chuva torrencial, o carro vibra, virando para a esquerda, para os lados do abismo.

Débora solta um grito, agarrando-se ao banco. Ele não vê, mas ela toca a barriga por um momento. Ele não vê, porque à sua frente tudo é água e escuro e nada. Por um instante, enxerga o carro rolando despenhadeiro abaixo. O fim da família. O fim dos Reismann, um sobrenome maldito, afinal de contas, só pode ser essa a explicação.

Mas nada disso acontece: com presteza, ele domina o veículo, que fica semiatravessado na estrada deserta, lambido pela chuva, inofensivo. Ele tem sessenta e três anos, mas seus reflexos são perfeitos: o carro não foi danificado e tudo não passou de um susto. Ainda faltam muitos metros a subir e a noite é negra. Porém não caíram lá embaixo: há outra chance para os Reismann.

Suspira e diz:

— O pneu estourou, Débora. Mas está tudo bem.

A menina não responde. Ele vira-se, acende a luz e vê seu rosto pálido; ah, que pena sente dela. A barriga parece ter crescido nestes últimos momentos, ou foi Débora que encolheu, como se o terror lhe tivesse cobrado uma parcela de carne. Assim, para acalmá-la, ele repete:

— Está tudo bem...

E então leva a mão ao ventre da neta. Encosta a palma da sua mão de pele morena naquele ventre pulsante, e se dá conta, emocionado, que é a primeira vez que faz isso. Um calor bom sobe pelo seu braço.

Dividida entre a timidez e o espanto, Débora suspira:

— Tomei um susto, Marcus.

— Não se preocupe. Temos estepe. Vou trocar esse pneu e em quinze minutos seguimos viagem. — Olha-a nos olhos. — Você está bem?

— OK.

— Então está certo.

Ele destrava a porta e desce para aquele mundo molhado e viscoso. Um mundo que está se desfazendo. Derretendo-se como um picolé ao sol. E em poucos segundos, enquanto abre o porta-malas e procura o macaco e os outros instrumentos entre as inúmeras malas, ele já está ensopado até os ossos, e os cabelos escuros, malhados nas têmporas, caem-lhe sobre a testa alta, como um desses cachorros peludos que acaba de sair da banheira de uma petshop.

Demorou mais do que ele imaginava: a chuva forte e a pilha da lanterna fraca. Mas lá em cima ele tem outras lanternas e tem um sistema de abastecimento para elas. Foram anos estudando. Engenharia Civil e Engenharia Mecânica, e anos de pesquisa na universidade. Um doutorado em Chicago, quando Laura tinha oito anos.

Ele dá uma batidinha na testa, como para certificar-se de que todo esse conhecimento está ali dentro. No porta-malas, as coisas estão arrumadas. O estepe vai ser consertado por Juvenal, mas há tempo para isso. Ele fecha o carro, tira a camisa e entra naquele espaço fresco. Incrível como pode chover tanto e ainda estar quente lá fora.

— Vamos em frente — diz.

Mas então vê que Débora dormiu de novo. Um avô sem camisa trocando um pneu no meio da noite deve mesmo ser um espetáculo melancólico.

Liga as luzes e gira a ignição. Ainda chove. Os faróis são dois círculos amarelos em meio à densa e pegajosa noite de março. Ele pensa nessa luz rompendo o ar e tingindo a água, pensa nos milhares de gotículas de água refratadas pela luz, quando um punho bate no vidro do carro, *pum, pum*, os nós dos dedos no vidro do carro, e aquele rosto de homem: barba, olhos e cabelo. Aquele homem no meio do escuro da noite olhando pra ele, e seus lábios formam palavras cujo som ele não ouve.

Com um gesto seco, ativa a tranca elétrica. O homem pode ser um pedinte, pode estar perdido, pode ser um ladrão. Ele não pensa duas vezes e, ao contrário do que lê todos os dias nos jornais e nas revistas, pisa no acelerador. Pisa no acelerador com força, e o carro derrapa e avança como que assustado da própria e súbita potência.

Ah, o coração bate-lhe no peito. As coisas estão cada vez piores, e há tantos refugiados, gente do litoral. E os bandidos, e o crime organizado, e o governo não faz nada, não vê nada. Mas ele vê: ele olha pelo retrovisor e o homem ainda está lá. Parado no meio da estrada como uma estátua. Ele podia ter uma arma na mão. Podia ter disparado um tiro na sua têmpora, ou mesmo em Débora. Mas não. A única coisa que o homem tem na mão é a mão de um menino franzino, cujo rosto a noite apagou. Ele pensa em voltar atrás, ver se os dois precisam de ajuda. Dar os sanduíches de queijo pra eles. Um abrigo, um guarda-chuva. Mas não. Ele não volta. Ele não pode voltar. Lá em cima só há lugar para Débora e para a criança. Este outro menino, que vai dentro da barriga da neta. Fazer o que, o mundo é assim.

Depois de quinze minutos guiando na noite, ele consegue afastar da alma a lembrança do menino molhado de chuva. Vem lutando com o silêncio: Bach lhe faria bem. Mas o sono de Débora pede respeito, e teria sido muito pior com ela acordada. Ou talvez a neta nem se importe com aquele menino, afinal os jovens são egoístas. Mas quem lhe disse isso? Não foi Júlia, porque Júlia sempre amou a juventude. Era jovem quando morreu aos quarenta e oito anos; vai ver ele é que é um tirano, um velho teimoso e mandão, como Débora afirmou na última discussão que tiveram. Ou talvez a verdade esteja entre esses dois pontos.

Pontos e ponteiros para medir a vida. Ele trabalhou sempre assim. Foi um dia, olhando pela janela, que descobriu o outro lado. Sempre uma ideia de Júlia: até quando ela não está mais ela ainda está, pois, como disse para a neta, a casinha na serra era um sonho que a mulher acalentou. Anos de guardar as economias. A grana das consultorias que ele prestava. Já tinham o terreno quando ela morreu. Mas, enfim, Júlia está lá de todos os modos. E, falando em ponteiros, seus olhos se fixam no painel: é preciso abastecer o carro.

Ele olha para a estrada e sabe que falta pouco. Mais uma curva e outra, vai passar pelo armazém abandonado, pelas casinhas azuis, e lá estará o pequeno posto. Talvez esteja fechado, por causa do racionamento. Mas, com um pouco de sorte, pode ser diferente. Assim, enquanto o motor zumbe baixinho, eles sobem a encosta da serra, cruzando algumas casas pequenas e, aqui e ali, velhos veículos abandonados pelos donos, em cujos nichos enferrujados a umidade fez crescer fungos e os pássaros fizeram seus ninhos.

Energia limpa, diz ele em voz baixa. Esses velhos carros obsoletos ficaram monetariamente impraticáveis. Todos querem um carro de hidrogênio, ele também. Mas ele não é americano nem para poluir nem para consumir: ainda não há carros de hidrogênio no Brasil, e a taxa de importação é uma piada. Ele tem um híbrido, e a bateria está no máximo; porém vai ficar muito tempo lá em cima, e convém chegar com o tanque cheio. Assim, depois das duas curvas, ele vê o vulto do pequeno posto semi-iluminado contra o negror da noite e, mansamente, escorrega o carro para fora da rodovia.

Ele desce. A uma altura dessas, não se preocupa mais com a chuva, que estiou momentaneamente. As calças grudam nas suas pernas quando caminha. O homem no posto está sozinho e fuma um cigarro. Olha-o sem parecer impressionado com a sua aparência, a roupa molhada, as mãos sujas de graxa. Mas não há nada nele que indique haver deixado um menininho perdido no meio da estrada numa noite tempestuosa como aquela. E, se houvesse, o homem do posto não se impressionaria também.

Há um pouco de combustível para vender, diz o homem. Muito pouco. E não existe previsão de encherem os reservatórios por causa da guerra na Arábia Saudita. Assim, parados na noite abafada, os dois negociam. Nenhum carro passa na estrada enquanto eles falam, e este é um ponto a seu favor. O homem aquiesce. É o dono do combustível armazenado sob o solo, e esse é seu ponto de vantagem. Um ponto inigualável. Assim, ele abre a carteira e paga com dinheiro um valor quatro vezes mais alto do que é justo. Mas paga e vai embora com o carro cheio, e mais um galão de dez litros.

Vai embora pela noite, agora com Bach outra vez. Débora só vai acordar lá em cima: é o sono de um corpo que se multiplica, e para esse milagre ele não conhece nenhuma equação. Vai embora deixando tudo para trás. Fechou a casa antes de partir, esvaziou armários, pagou seis meses de TV a cabo. Pagou por esperança. Faz mais de duas semanas que a chuva estia algumas horas e volta renovada. Ele sabe que depois virá a seca. Ele sabe que depois virão as notícias assustadoras, virá o mar. Talvez por isso tenha pago a retransmissora do sinal de cabo: se tiver que voltar pra casa, não quer perder nada do espetáculo. Numa tela plana, em cores perfeitas e com transmissão via satélite, ele vai acompanhar o fim do mundo. Mas Waldomiro Stobel, seu colega de universidade, diz que ele é louco, um exagerado. E Waldomiro Stobel pesquisa energias alternativas, foi ele quem preparou as placas de aquecimento solar para a casinha. Foi ele quem lhe emprestou os livros, quem plantou na sua alma aquela semente tão espantosamente fecunda. Agora Waldomiro se assusta com o monstro que criou: quando lhe disse que iria para a serra com a neta, que lá havia um abrigo, a resposta do outro foi "e pensar que o machismo disfarçado precisa buscar tais subterfúgios". Mas, de fato, Waldomiro Stobel nunca teve uma neta, nunca sequer construiu laços duradouros com alguém. Não sabe o que é ter Débora no banco de trás. Débora com seus cabelos negros, despenteados, e aquela barriga estranha, que parece crescer a cada curva do caminho. Aquela barriga sob a sua responsabilidade, semeando a aridez da sua velhice.

Achados e perdidos

A sala é pequena e atulhada; dois sofás de um tom de marfim encostados contra a parede; sobre eles, pilhas de livros, revistas médicas com imagens de músculos cor-de-rosa e órgãos vermelhos e palpitantes, numa capa mais recente, um rosto de criança marcado de pústulas. Roupas viradas do avesso e embalagens de biscoitos vazias pelo chão. Sobre a mesa, uma pilha de provas corrigidas com rabiscos em caneta vermelha, o laptop com sua tela de cristal líquido brilhando como uma coisa viva, um copo de Murano cheio de lápis com logotipos de diversos hotéis, duas latas de Coca-Cola vazias, uma pasta de couro, a agenda de telefones, porque ele prefere ter tudo "anotado", o celular, as chaves do carro que ele não usa faz quinze dias, a capa impermeável pingando sobre uma cadeira.

Pela janela aberta, entra uma luz cinzenta, úmida de chuva. Entardece lá fora, o barulho da chuva canta nos vidros de maneira monótona e molha a rua vazia, excepcionalmente vazia numa hora dessas quando num dia comum todos estariam voltando do trabalho para suas casas. Mas Arthur Mandelli já se acostumou com isso, na última semana, apenas os bombeiros e os médicos têm trabalhado furiosamente. As escolas estão fechadas, a universidade também, bares, restaurantes e hotéis funcionam a portas fechadas, com medo de saques. Às vezes, quebrando o ruído monocórdio da chuva, ele ouve gritos, urros, e grupos de quatro ou cinco rapazes passam correndo lá embaixo.

Ele levanta-se e olha sem curiosidade através da janela embaciada. Como se a sua figura os despertasse, dois meninos correm pela rua com pacotes nas mãos, com sacos de comida roubada — dois ratos encapuzados fugindo de uma vassoura gigantesca. Um homem passa chamando por uma mulher. *Rosa, Rosa*, sua voz se perde, angustiosamente abafada pela chuva. Depois a rua fica sozinha um longo tempo, com a chuva e um pequeno e insistente córrego de dejetos seguindo a trilha do meio-fio.

Arthur passa a ponta do dedo pelo vidro embaciado. A cabeça lateja-lhe, uma dor fina, insistente. Falta de sono depois de um plantão de doze horas. A rua lá embaixo ganha vida outra vez, um carro passa, e outro, e outro. Depois dois homens atravessam a calçada gritando, talvez bêbados, talvez alegres, vá saber. Cada um tem direito a sua própria alegria, mesmo com essa chuva interminável.

Tem visto coisas piores todos os dias no hospital da faculdade. Filas de dezenas de pessoas, o choro das crianças. Vômitos pelos corredores. Ferimentos com arma de fogo. Estupros, assaltos. A supressão das normas sociais transformando as pessoas em bichos. Em bichos, não, em coisa pior.

Os dois homens cantam na calçada lá embaixo. *Trem das onze.* Ele sorri. A música preferida do pai evoca nele antigas lembranças cheias de sol numa varanda... Arthur Mandelli afasta-se da janela. Vence a minúscula sala com dois largos passos e senta-se na única cadeira vazia, em frente ao laptop que emite sua luz azulada. Tem mais coisas para se preocupar, coisas urgentes, esses e-mails entrando, *pim-pim-pim*, essa outra chuva. Chuva eletrônica nos seus ouvidos. No seu coração.

O que ele queria mesmo era que a faxineira voltasse ao trabalho. Há tanto por fazer, toda a louça na pia, e ele enchendo baldes com a água da chuva, porque a coisa toda está num ponto em que a água vem por todos os lados, menos pelo cano da cozinha. Algum problema hidráulico, mas pelo visto os encanadores também têm faltado ao trabalho. Ou morreram, vá saber. Ou perderam um filho na enchente, um pai, o cachorro de estimação. Ou estão trancados num elevador sem energia. Ou foram soterrados por um deslizamento. Ou morreram de leptospirose. Ou perderam a razão. Há um milhão de hipóteses, e ele sabe que não conhece todas elas. Mas vem aprendendo. Ah, Deus, vem aprendendo dia a dia.

A noite está chegando, e a luz agora mal define os contornos das coisas na sala. Melhor assim. Toda essa bagunça, e a Odete, que fim terá levado? Bem que ele tentou, ligou pro celular dela, mas nada. Nem caixa postal a Odete tinha. Só aquele *biiip*. E a roupa se acumula no tanque, e hoje ele usou a última calça jeans. Se a Odete viesse, ele poderia dar conta do recado, colocar mais e-mails na web, fazer plantão no hospital. Poderia até comer um bom prato de feijão com arroz e farofa, do jeito que só a Odete sabe fazer. Com bacon frito, picadinho. Arthur pensa nisso e sente a boca salivando de fome. Porém, a Odete não vem nem telefona, as panelas estão vazias, e até meia hora atrás o telefone funcionava perfeitamente bem.

Mas nunca se sabe. Então Arthur Mandelli estica o braço e pega o fone só pra conferir. O ruído metálico avisa que está tudo bem, que sim, ele pode ser encontrado se discarem os oito dígitos corretamente. A mãe, em São Leopoldo, pode encontrá-lo no caso de uma emergência. Odete também, e por isso ele suspira e pensa na velha senhora preta com aquele sorriso de bons dentes que vem cuidando da sua casa faz seis anos. Duas vezes por semana, lava, passa e limpa tudo. Cozinha seu feijão e frita-lhe ovos. E faz fettuccine al sugo como ninguém. E agora a Odete morreu. Ele tem esse pressentimento.

Gasta um segundo pensando se ele também não deveria colocar um aviso no mural.

www. Achados e perdidos.ufrgs. gov
Alguém viu a Odete?

Estatura mediana. Raça negra. Gordinha, do tipo simpática. Viúva. Diarista. Dois filhos. O nome completo é Odete Silva Martins.
Mora no Nonoai.

Qual era a rua mesmo?

Arthur abre a caderneta, procura a letra O. Lá está o endereço da Odete. Odete Silva Martins. O número do INSS dela está escrito com esferográfica vermelha, e ele ri. Número do INSS?, parece uma piada.

Rua Costa Lima, 227, fundos.

Ele digita rapidamente, os dedos voejando sobre o teclado. E a chuva batendo no vidro, essa música interminável. Arthur lembra da casinha, levou a Odete lá umas quantas vezes. E teve também aquela noite em que ela ligou, meio da madrugada. A netinha com febre alta, vômitos. Fazia frio, era agosto talvez. Ele pegou o carro e foi buscar a criança. Meningite, tinha certeza. Meningite, ele pensava enquanto guiava pelas ruas vazias, o vento carregando papéis e folhas num redemoinho pelas calçadas, e ele sem coragem de dizer nada a Odete, desviando seus olhos dos olhos dela, refletidos no espelho retrovisor do carro. No hospital, a menina foi diagnosticada. Meningite, um surto de inverno. Arthur lembra bem da menina, os olhos vivos, ardentes. A neta ficou boa, e Odete passou a idolatrá-lo. Nem queria aceitar pagamento nas primeiras semanas. Odete, um coração mole. Uma mãe pra ele. Mãe encontrada nos classificados de domingo.

Arthur pensa um pouco e escreve,

Se alguém encontrar a Odete, pede para ela ligar. 92557612. Quero notícias sobre sua saúde e sobre os netos. Tudo aqui uma bagunça, mas o pior é a saudade do fetuccine al sugo.

Ele sorri. Sente um aperto no estômago, está faminto. Ficou oito horas no hospital. Deveria fritar um ovo, trouxe pão e leite. Um banquete. E então se dá conta de que Odete não sabe ler. Nunca navegou na internet. Vai ter que contar com a sorte. Um vizinho, um patrão, um amigo da Odete, até mesmo um neto — qualquer criança de oito anos sabe navegar na internet hoje em dia.

Arthur dá um *send*. A mensagem corre pelas tubulações desse mundo impalpável e cai no mar virtual, boiando entre as ondas. Como uma daquelas garrafas que os náufragos largavam, e que boiava por meses, anos inteiros, até ser encontrada.

Lá fora, o grito de um trovão. As vidraças tremem de medo. Ele esquece Odete e sua própria fome. Esquece o cansaço e a vontade de tomar um banho. (Depois vai ter que aquecer água no fogão e lavar-se na banheira, rapidamente, ajoelhado, derramando sobre si a água com uma caneca plástica. Banho de gato, não era assim que a mãe dizia?) Arthur leva o cursor até o ícone de um selo, clica duas vezes, abrindo sua caixa de e-mails. *Get mail.* Palavras escorrem para a tela do seu computador, fazendo soar a campainha. *Plim, plim, plim.* Quarenta mensagens novas com suas fotografias atachadas. Mensagens que Arthur vai retransmitir centenas de vezes para destinatários que farão o mesmo, numa corrente virtual sem começo nem fim que vai muito além do bairro onde ele vive, dos círculos médicos e acadêmicos que frequenta. Uma cadeia que extrapola os limites da cidade, que sobe a serra, atravessa rios e mares, que fala português, espanhol, inglês. Como mãos que se unissem no escuro, trocando seu calor, oferecendo seu consolo.

Os cabeçalhos brilham à sua frente como luminosos numa rua deserta.

From: Elisa. Subject: O meu filho sumiu na Av. Praia de Belas. Today.

From: Luis Carlos. Subject: Um senhor de camiseta azul aparentando setenta anos. Today.

From: Laura. Subject: O Dudu é supermanso, criança chorando de saudades, por favor ajude. Today.

From: Ployola. Subject: Criança encontrada na Av. dos Industriários. Today.

From: Liuliu. Subject: Silenciem os pianos. Meu namorado morreu. Today.

Seus olhos ficam úmidos. Impossível evitar. *Homem não chora.* Ele ouve a voz do pai, abafada pelos anos, desbotada pela morte. E as lágrimas rolam pelo seu rosto cansado.

Ele clica na mensagem, atraído pelo título. Conhece esse poema, durante muitos anos, teve Auden como seu poeta de cabeceira...

Não, nunca vai se acostumar. Mais fácil abrir a carne, pinçar um nervo, supurar a mais terrível das feridas. Mas com as palavras, com a dor abstrata contida nas palavras, com isso jamais se acostumará.

A voz escapa da sua boca, porque ele conhece esse poema. Conhece de cor. E então lê a mensagem:

Lucas. O nome dele era Lucas, e tinha vinte e oito anos. Ele morreu na Avenida Ipiranga, no final da tarde de ontem. Ele era engenheiro, mas escrevia poemas. E ajudava as pessoas. Quando isso tudo começou, o Lucas passou a arrecadar comida e roupas entre os amigos, distribuindo tudo num dos acampamentos de refugiados da chuva que ficava perto da Avenida Goethe com a Ipiranga. E ele morreu... Foi tragado pelas águas do arroio, estava dentro do carro. Ajudando as pessoas. E ele morreu. Por favor, se alguém souber o sentido disso, se alguém ler esse e-mail e souber uma palavra, uma palavra que me traga confiança, que me explique... sim, eu ainda quero ouvir uma palavra. Eu ainda quero acreditar, apesar de tudo. Apesar de estar sozinha aqui, em casa, misturando verbos e advérbios com lágrimas, porque o Lucas não vai voltar. Então eu esperarei até a meia-noite. Uma palavra. Algo que me faça ficar. Porque eu conheço os poetas, eu li Auden, e li Pessoa, li Baudelaire, porém nada, nada nunca me preparou para essa solidão...
"As estrelas já não são precisas: levem-nas uma a uma; Desmantelem o sol e empacotem a lua; Despejem o oceano e varram a floresta; Porque agora já nada de bom me resta."
Até a meia-noite. Depois, será fácil. Neste apartamento de décimo andar, com os elevadores parados, eu sairei pela janela.

Arthur sente o coração batendo forte, pensando na mulher que deseja morrer. Ela quer uma palavra? Não há uma palavra. O que os poetas não lhe disseram? Que não há poesia nisso. Só a poucos é dado transformar a dor em beleza. Para os outros, as centenas de milhares de seres comuns, só resta seguir em frente.

Poderia ter sido qualquer um, é só isso que ele sabe. É só isso que aprendeu nesses últimos tempos, na enfermaria lotada de feridos, doentes e loucos.

Arthur busca o nome no começo do e-mail. Liuliu.

Poderia ter sido você, Liuliu. Essa é a única lógica.

E então dá um *reply*, seus dedos correm pelo teclado:

Liuliu, não há uma palavra, por favor não faça isso. De onde eu venho, todos os dias, ninguém procurou a morte, e no entanto... Me dói saber que você apenas acalente isso, Liuliu — não esbanje o que falta a tantos por aí. Você disse que leu os poetas, então eu uso o Rilke, e te digo "mesmo que estejam enganados, que se abracem cegamente, o futuro virá apesar de tudo, um homem novo há de se erguer".

Você deve se perguntar se eu acredito nisso; sim, eu acredito. Nós mesmos criamos isso, essa dor, Liuliu, ela foi alimentada por anos, como um câncer maligno e misterioso. Mas vamos nos curar, vamos curar as coisas ao nosso redor. Aprenderemos, Liuliu, aprenderemos na dor. Portanto, eu te peço, não desista. Aceite essa dor. E, se você não sabe o que fazer com seu tempo, venha me ajudar. Estou no hospital da Universidade Federal. Há poucos médicos por lá, e muitos doentes. Chame por mim, Liuliu. Eu vou te ensinar outra métrica, que não a das palavras. Ah, antes que eu me esqueça, meu nome é Arthur. Arthur Mandelli. Eu capitaneio os Achadoseperdidos.org.com.

Antes de enviar a mensagem, digita os oito algarismos do seu telefone celular. E então, mais uma vez, a mensagem desaparece pelos seus caminhos misteriosos, e ele fica sozinho. Sozinho no apartamento com cheiro de mofo. Sozinho com sua fome, seu medo, com a sombra de Liuliu pairando na janela embaciada.

Então segue reenviando e-mails. Depois de tanto sangue, palavras.

2.

O escuro lhe é familiar. Quando passa a última encruzilhada do caminho e segue pela picada que vai levá-los até a casa, Marcus Reismann não se assusta. Conhece cada macega, cada galho de árvore, cada ruído que vem da mata. Aqui, já desligou o ar-condicionado do carro e abriu a janela: o ar que vem da noite é mais fresco e tem uma centena de odores que, lá embaixo, nas grandes cidades, as pessoas já não lembram mais.

O carro sobe mais alguns metros e chega num enorme, num gigantesco muro feito de taipa. O muro divide a escuridão em dois capítulos, para o lado de lá está seu pequeno mundo. Ele tem uma nascente, e essa terra é como o ventre de Débora. Tem a mesma vida e é o futuro.

Marcus vira-se: no banco de trás, ela acomodou-se como pôde, as pernas dobradas, os pés muito brancos sobre uma manta de algodão. A cabeça, apoiada em dois travesseiros, parece o corpo de uma água-viva, os longos cabelos negros como filamentos espalhados sobre a fronha azul. Entre esses dois polos, a barriga. Esse ímã para seus olhos. De tempos em tempos, desde que a recolheu do apartamento onde vivia sob sua tutela com uma colega do interior, seus olhos não se cansam de mirar essa barriga. Amor, revolta, vergonha, euforia, tudo se mistura nesses seus olhares. Imaginou a neta nua, oferecendo-se para um menino que sabe tão pouco da vida quanto ela mesma; imaginou-a com um homem maduro, um professor de Educação Física, imaginou-a com um homem de meia-idade, talvez um sessentão como ele. Quem sabe Débora estivesse em busca de um pai, o pai que ela não teve. Talvez nunca tenha sido nada disso: ela foi a menina que teve uma mãe liberal, ela foi a menina que viajava com a família das amiguinhas. Ela foi uma menina solitária. E, depois do acidente de Laura, ela foi uma menina órfã.

Ele não tinha sido um grande avô. Apenas um avô que pagava as contas e via os boletins escolares. Primeiro tinham tentado viver juntos, mas Débora logo lhe apresentou o projeto da quitinete perto da escola, das aulas de dança no Instituto. Sem a ajuda de Júlia, ele não era grande coisa para lidar com outros seres humanos, assim fora-lhe muito cômodo e ele aceitou. Viam-se quase todos os dias. Ele passava lá, examinava a geladeira, a limpeza do lugar. Depois esses encontros foram sendo substituídos pelos telefonemas: Débora não queria as visitas diárias do avô. Eram visitas sem amor, agora ele percebe; aliás, nem eram visitas, eram vistorias. Livre daquela rotina, ele passou a trabalhar mais na casa da serra. Até licenciar-se cerca de cinco meses atrás, ainda dava duas aulas por semana na universidade; nos outros dias, ficava lá em cima. Lixando, construindo, podando, equacionando, acumulando ervas, amontoando pedras e aprendendo os segredos de Juvenal.

Finalmente, ele desce do carro. Sente-se um pouco cansado, porque a viagem durou muito. Ainda chove e, para os lados do nascente, raios iluminam o céu. Há um portão no meio do muro de taipa que Juvenal ergueu pacientemente durante meses. Um portão de metal, alto, imponente e feio. Duas tecnologias opostas, o portão e o muro, o passado e o futuro. Num canto de uma das portas, um alarme. Há uma senha para entrar no paraíso. Ele imprime os seis dígitos, ouve um estalido metálico — o portão abriu-se.

Quando volta para o carro, Débora está acordando.

— Que horas são? — ela pergunta, e sua voz é macia, quente.

— Chegamos — ele diz, passando a mão nos cabelos úmidos. E depois acrescenta: — São quatro horas da manhã.

— Que noite comprida, parece que nunca vai amanhecer. Vai ver isso já é o fim do mundo.

— Não. O fim do mundo vai ser uma interminável praia de água salgada, areia e um sol de rachar.

— Só vai sobrar isso aqui em cima... — ela diz, cética.

— Pelo menos por enquanto. Esse lugar foi feito pra resistir alguns anos.

E, dizendo isso, engata a marcha. Agora, de dentro do carro, ele aciona um botão e as duas folhas de metal fecham-se atrás dele. Pronto, estão livres. O carro sobe mansamente os últimos metros até o topo da encosta. Sob a chuva que cai, ele já pode divisar os contornos da pequena casa azul, as telhas do teto, a chaminé quadrada, de tijolos.

Liga o interruptor, e uma luz amarela, um tanto baça, dá vida ao lugar. Paira em tudo um silêncio atordoante: é como se a própria casa estivesse surpresa diante da súbita chegada deles.

Ainda com duas malas na mão, ele corre os olhos pela sala, que não é grande, mas aconchegante. Tem piso e paredes de madeira reflorestada, um grande sofá com pelego no chão, livros numa estante que cobre uma das paredes. Tem um computador sobre uma mesa de trabalho, perto da janela de cortinas fechadas. Atrás das paredes de madeira, um cuidadoso sistema de aquecimento corre de um lado para outro, interligado entre si e sincronizado, como numa orquestra, pela grande placa de energia solar. No outro lado do pequeno corredor onde a sala termina, uma copa, com mesa e cadeiras para quatro pessoas, uma antiga cristaleira que foi de Júlia e que ele trouxe da cidade e reconstruiu aqui com a ajuda de Juvenal. A pequena cozinha é perfeita: um fogão a lenha, uma chapa que funciona com energia solar, geladeira, micro-ondas, os armários cheios de louça e alimentos não-perecíveis, as compotas da mulher do Juvenal. Ervas penduradas de um prego na parede: boldo, hortelã, manjericão, barba-de-são-joão, cidró. Uma manta de charque sobre a pia; a água que vem da torneira é água da nascente.

Ele é bom com madeira, sempre fez coisas. Na garagem ao lado da casa, tem uma mesa de marceneiro e ferramentas. Foi dali que a casa azul nasceu, aos pedaços. Paredes de pedra: elas foram erguidas por dois peões, que também fizeram as instalações hidráulicas, usando a água que cai da chuva e que desce de um compartimento acoplado ao teto. Com a ajuda de

Waldomiro, ele concebeu e instalou a parte elétrica da casa, onde a energia vem da luz solar.

Mas, ali dentro, quase tudo foi feito por ele e por Juvenal, com exceção do sofá e dos aparelhos eletrônicos que trouxe da cidade.

Finalmente, ele larga as malas no chão e sorri.

— Então, o que acha?

Do seu lado, Débora dá alguns passos espiando ao redor. Vai até a estante. *Philip Roth, John Dos Passos, Isaac Singer, Gabriel García Márquez, Coetzee, Ian McEwan.* Ela passa os dedos finos sobre a lombada dos livros, subitamente desperta. Ele gosta daquilo, não sabia que a neta apreciava literatura. Vê os dedos de unhas descascadas seguirem seu trajeto: *Kafka, Wilde, Don DeLillo.* E depois os livros do Sul, numa prateleira especial. *Érico Verissimo, Scliar, Tabajara Ruas, Josué Guimarães, Assis Brasil.* E os platinos como *Borges, Sábato, Lugones e Bioy Casares.* Na última prateleira, estão os técnicos, livros sobre energia verde, sobre fontes limpas de geração de energia, sobre isolamento térmico, marcenaria, reflorestamento.

Débora vira-se, sorrindo:

— Não sabia que você lia tanto.

Ele caminha para a janela e abre as cortinas brancas.

— A solidão expande o tempo. E gosto de ler... Li todos os autores do Sul enquanto construía a casa. Para sentir o clima, voltar à infância. — Dá de ombros. — Acho que nunca lhe contei, mas fui criado em São Lourenço, perto de Pelotas.

A janela embaciada. Ele limpa o vidro com a barra da camisa, mas não dá para ver nada. As montanhas verdes, o penhasco, tudo está escondido pela névoa, pela escuridão e pela chuva. Amanhã, ele pensa.

Depois vira-se e diz:

— Você deve estar cansada... — Seus olhos descem para a barriga proeminente, e lá vêm os sentimentos outra vez, a timidez perante aquele ventre distendido, vivo. E um amor, um amor misterioso que palpita dentro dele. — A viagem foi longa. Vou mostrar seu quarto.

A casa tem dois quartos bons, e ele se orgulha disso. O primeiro é o dela. Quando o construiu, aquele quarto não tinha dono. Mesmo assim fez a cama para dois, larga, sólida. E perto de uma grande janela. É preciso subir um lance de cinco degraus para chegar ao quarto, e por isso ele tem uma pequena varandinha própria, com vista para o platô.

Ele sobe com ela em seu encalço. Abre a porta e acende a luz. A cama está pronta, fresca, limpa. As janelas cerradas deixam entrar o ruído da chuva lá fora e um zumbido de insetos, de mato, de imensidão.

Ela atira-se na cama, levanta os pés. Move-se de modo muito ágil para um corpo com aquela barriga, e ele sorri.

— É boa, a cama — diz Débora, rindo.

Uma criança, ele pensa. Parece uma criança que chegou a um hotel, esqueceu-se das brigas, da ameaça de fuga. Agora está feliz com a novidade, a cama grande. Amanhã terão o segundo round.

Ele vai até a parede oposta e abre uma porta.

— Este é seu armário. Vou fazer outro, pro bebê.

Prateleiras largas, roupa de cama passada e dobrada, um nicho com cabides. Ao lado do armário, uma mesa com cadeira, livros, revistas que ele trouxe, uma caixa de bombons. Dois cadernos e vários lápis.

Ela levanta e olha tudo, curiosa. Depois, por último, abre as cortinas e destranca a portinha da varanda. Entra, de súbito, o frescor do ar da montanha. Ao longe, dá para ouvir o ruído dos pássaros que começam a sinalizar o amanhecer.

Vê que a neta respira fundo. Ar puro para seus pulmões, para os pulmões do bebê. Depois ela diz:

— É bonito aqui.

Ele sorri, contente. Mas ela completa:

— Acontece que eu preferia ter ficado na cidade. O meu filho tem um pai. Eu não podia sair assim, mas você não quis me ouvir.

Ele vai para a varanda, estende a mão para a chuva, sentindo os pingos correrem-lhe pelos dedos. O pai da criança que está dentro daquela barriga: é nisso que ele pensa. Num rosto, num nome. E então diz:

— O André.

Esse foi o nome que ela lhe deu. André. É só isso que ele tem para compor esse vácuo, os três pontinhos dessa gravidez.

— É — ela retruca. — O André vai ficar bravo comigo. Na verdade, ele tem os seus direitos.

Então ele sente os músculos se contraírem, os maxilares retesarem. Mas não. Não vai começar agora. A viagem foi longa, exaustiva. Choveu o caminho todo, e aquele homem com o menino... Ele olha pela janela e vê que está amanhecendo. Débora precisa descansar. Assim, diz:

— Você precisa dormir. O banheiro é ao lado. Mais tarde eu mostro o resto da casa, agora vou descarregar o carro.

Sai do quarto sem olhar para trás. Sem olhar para ela.

Sozinha, Débora senta-se na cama. O silêncio em torno é acolhedor e estranho. Raro. Ela sente a bexiga cheia e pensa que precisa ir ao banheiro, também seria bom escovar os dentes. Mas a preguiça a retém mais um instante, e ela espicha as pernas doloridas.

Passa a mão na barriga, pensativa, enquanto, pela janela, vê a paisagem que começa a clarear. A montanha lavada pela chuva, grandiosa, crespa e verde, pontilhada por enormes blocos de pedra onde a luz do alvorecer se reflete. A montanha parece cuidar da casa, observá-la. Como um deus julgando um ser inferior. Depois ela vê um despenhadeiro, como um imenso escorregador de pedra, que risca a montanha do topo até onde seus olhos não podem mais alcançar. E o ruído da água, não da chuva que agora estiou novamente, mas de um córrego. Parece uma imagem de televisão, como um daqueles documentários a que André gosta de assistir.

Ela procura na bolsa seu aparelho celular. Abre-o, vê a foto dela e de Bruna, a melhor amiga. Pois é, Bruna, estou aqui. Estou aqui e o celular não tem sinal. Morto, mortinho. Sente vontade de chorar, mas então uma fotografia cai da bolsa no seu colo. Um cara loiro, de olhos pretos. Tem uns dezoito, dezenove anos, e seu rosto no retrato parece achar graça de alguma coisa. Um sorriso leve, ombros largos. É como se estivesse rindo dela, daquilo tudo.

Débora toca no retrato como tocou nos livros do avô, a mão, leve, levíssima, percorre a linha do queixo, toca os lábios de papel. Deixa a fotografia sobre o colchão, remexe na bolsa. Do grande volume de pano onde ela leva sua nécessaire, seu celular morto, seu palmtop e as chaves do apê onde ela não mora mais, sai uma outra fotografia. Um jovem loiro, de olhos claros, a barba por fazer. Tem umas ruguinhas ao redor dos olhos e parece mais velho. Vinte e cinco anos, talvez.

— Oi, Beto — ela diz.

O rosto da fotografia permanece impassível.

Lá fora, Marcus Reismann descarrega as malas do carro, aproveitando que a chuva deu uma trégua. Os pássaros cantam nas copas das árvores, para os lados do sul ainda correm relâmpagos pelo céu rosado do alvorecer. Talvez mais abaixo, na cidade, esteja chovendo forte.

Débora levanta-se, pega as duas fotografias, abre o armário e guarda-as sob a pilha de roupas de cama, sentindo um vago cheiro de alfazema penetrar suas narinas e remetê-la aos armários da sua infância. Depois corre para o banheiro, louca de vontade de fazer xixi.

Resolveu não dormir. Chegar sempre o deixa excitado, e há tanta coisa por fazer. Tanta coisa para organizar, para guardar. Ele arruma tudo de modo meticuloso, tomando cuidado para não acordar Débora. Abre e fecha armários, esvazia bolsas, guarda garrafas, liga o gerador da cozinha. Assim, às oito horas da manhã as coisas estão em seus lugares. Então ele põe a mesa para Débora, deixa o café numa térmica, serve o pão que a mulher de Juvenal sovou no dia anterior, a geleia feita com as amoras da mata, a manteiga, o leite de uma das vacas que ele tem no pequeno estábulo. Deixa tudo sobre a mesa, com um bilhete: *já volto, beijos, vovô*.

Riu ao escrever aquela estranha palavra. Uma palavra tão simples. *Vovô*. Quase pode sentir Júlia por perto, rindo com ele. Então você vai ter que lidar com isso, é o que Júlia diria se estivesse ali. Ele e seus medos no ringue. Mas pensa na neta dormindo lá em cima, e conclui que está tudo bem. Ela gosta de ler, é uma garota inteligente e logo vai compreender as coisas. Depois ele vai procurar um filme no estoque de CDs que preparou, um desses bons seriados americanos, qualquer coisa que possa interessá-la. E com o tempo ela vai entender, vai se misturar. Vai voltar a ser a coisa primária que o homem já foi.

— Tudo tem seu ritmo — diz pra si mesmo.

E depois sai para a rua, onde o ar fresco e úmido o recebe com um abraço. Ele desce os degraus de pedra e entra na garagem cuja primeira parte é ocupada pelo carro. Segue até o fundo, para uma espécie de sala de trabalho ampla, com piso de madeira e grandes janelas. Depois de abrir as venezianas e deixar a luz da manhã varrer o cômodo, encontra o serviço que deixou pela metade na semana passada.

Sobre a bancada de trabalho, entre formões, goivas, estiletes e martelos, quatorze varas de madeira perfeitamente lixadas e entalhadas esperam por uma camada de verniz. Num canto, uma espécie de caixa de madeira que tem quatro pés imitando as patas de algum misterioso quadrúpede; o fundo é um estrado. Ele sorri ao ver que, enrolado num velho lençol, está um colchão nas dimensões perfeitas para o encaixe no estrado que ele fez. Seus dedos tocam a textura macia do algodão, é um colchão de penas. Um presente de Juvenal, porque Juvenal é assim, um homem de poucas palavras: vem e vai ao sabor da sua alma, mas sempre está quando se precisa dele. Como um bicho, Juvenal tem um instinto infalível. E tem bom coração.

É o berço do bisneto que ele veio terminar. Um berço esquisito, porque ele quis pôr aquelas patas. E todas as palavras que não disse, as coisas que calou para Débora, tudo isso está aí, nessa caixa retangular onde o bisneto vai ser acolhido quando chegar a hora de abandonar o refúgio do ventre da mãe, essa caixa onde vem trabalhando nas últimas semanas, medindo, cortando, aplainando, lixando e pregando, desde que decidiu tirar a neta da cidade.

Ele fica um pouco emocionado com as palavras que lhe vêm à mente. *Acolhido. Refúgio.* Sempre foi um homem discreto para com seus sentimentos, essa era a tarefa de Júlia, era ela quem dava nome às coisas. Mas agora, subitamente, vem se tornando mais e mais sentimental, embora isso seja estranho para ele, como se estivesse usando uma roupa larga demais.

Ele pensa no bisneto. Este não é um bom mundo para se nascer: as guerras, os gelos da Groenlândia descendo para o oceano e elevando as águas, os milhares de refugiados, furacões e enchentes, e toda essa violência que sempre existiu no país, agora agravada. Queria deixar para esse bebê um pedaço de terra, um rio onde ele pudesse aprender a pescar... Bem, esse sítio é a sua herança, mas é como deixar um barco numa garrafa. Um barco de brincadeira que nunca vai tocar o azul do mar. Se ele descer por esse rio, se seguir encosta abaixo, vai encontrar somente tristeza.

Seus olhos ficam turvos e a umidade das retinas faz com que o berço perca seus contornos por um breve instante. Ele dá de ombros, um pouco envergonhado porque depois de velho foi que aprendeu a chorar.

— E a fazer berços — sussurra.

A voz ecoa pelos cantos da garagem de parede de pedras, a voz dá voltas como um passarinho numa gaiola.

Assim, ele pega a lata de verniz (essa lata em que, depois, vai plantar uns gerânios), abre a tampa com uma espátula, pega o pincel e recomeça o trabalho.

Quando está trabalhando na segunda mão de tinta, sente uma coisa estranha. Um formigamento. Está de costas para a grande janela que dá para a montanha, e a essa altura a claridade do dia já encheu a garagem. Não há sol, mas ali no alto da serra cai apenas uma chuva fina e fria.

Ele sente um arrepio, embora esteja suado.

Vira-se e então o vê: sentado no parapeito da janela, o corpo pequeno recortado contra a luz leitosa que vem do céu, está um menino que ele não conhece. Não pode ver-lhe os olhos e os contornos do rosto, porque, na contraluz, esses detalhes se perderam, ou talvez ele esteja tonto. Faz mais de meia hora que aspira o cheiro da tinta, e não dormiu à noite.

Pisca os olhos, esfrega a manga da camisa no rosto, e o menino ainda está ali. Paradinho, observando atentamente. Com a atenção típica das crianças, quando veem os adultos trabalhando em alguma coisa interessante.

Ele sorri.

— Oi — diz.

O menino não responde. Tem os cabelos castanhos de um tom de melado. As mãos, sobre os joelhos, são rechonchudas e serenas. Calcula uns três anos, quatro talvez. As pernas curtas, de canelas grossas e lisas. Será neto de Juvenal, um daqueles netos que Juvenal tem para os lados da Campanha?

Ele larga o pincel e limpa as mãos num pedaço de pano velho, enquanto o menino, sentado à janela, observa-o e balança as perninhas de pés calçados em botinas.

— Oi, amiguinho...

Sua voz é macia agora. E trêmula. Ah, ele está ficando um velho.

Então dá um passo em direção à criança que, sentada no parapeito, parece um pássaro balançando-se numa daquelas gaiolas dos desenhos animados dos velhos tempos. Em perfeito silêncio, ambos se fitam, o menino e ele.

Agora é o menino quem sorri, um sorriso silencioso e vívido. O movimento dos seus lábios faz nascer minúsculas covinhas no seu rosto redondo. Um rostinho enternecedor. Um rostinho com alguma coisa que o faz recordar a sua própria e amarelada infância, aquele mundo perdido que era fruto de um olhar que há muito feneceu, como uma planta que não foi regada corretamente. Não sabe dizer, mas o menino, ali no seu recanto da janela, parece querer da vida o mesmo que ele quisera tantos anos atrás.

Estende o braço e dá dois passos para a frente. Quer colocar a mão no rosto da criança, mas, quando seus dedos se aproximam, quando ele já pode sentir o calor desse corpo pequeno e compacto, o menino desaparece instantaneamente. Evapora-se na luz da manhã cinzenta, como um sopro.

Milhões de partículas, zilhões de átomos, e por encanto a janela, outra vez, só lhe entrega a visão da encosta rochosa, a impressionante visão da encosta riscada pelo verde da vegetação rasteira. Pela primeira vez, ele não se emociona ao vislumbrar essa incrível paisagem.

Ao longe, seus olhos veem uma araucária que levanta seus ramos para o céu, como se estivesse pedindo ajuda.

3.

Marcus volta pra casa angustiado. Nunca teve visões, alucinações, essas coisas. Como está tudo silencioso, conclui que Débora ainda dorme. Dormir é tudo de que ele precisa.

Dentro do quarto, tira as botas, as calças, a camisa suja de tinta. No banheiro, lava o rosto e as mãos. Olha-se no espelho e vê uma face marcada de rugas, os cabelos grisalhos nas têmporas — mas seu rosto é vivo, duro, forte. Não o tipo de rosto de um homem que está começando a ter alucinações. Foi a falta de sono que fez aquilo, conclui, afastando da mente a imagem do menino, tão bonito, encarapitado na janela da garagem.

Quando deita na cama, o cansaço parece brotar de dentro da sua própria carne, envolvendo-o numa espécie de transe onde a imagem do menino vai desaparecendo lentamente, mansamente, como uma aquarela borrada de chuva, como um sonho relembrado, vertigem, ilusão. A última coisa que lhe vem à alma é uma cena da sua própria infância, um rio, uma pescaria, as botas largadas na areia, risos, os pés pisando a água gelada, o ruído mágico das margens para sempre perdidas num passado que não existe mais.

Acorda duas horas mais tarde com a mão de Débora nos seus cabelos.

— São quase onze horas, Marcus.

Ele abre os olhos, assustado. Por um lapso de instante, não tem certeza de onde está. Mas então as paredes de madeira, o lençol branco, a janela com sua paisagem úmida, tudo isso o traz para o presente.

— Eu dormi como uma pedra.

Débora sorri, recolhendo a mão que plantou nos seus cabelos. Ele se sente tímido com aquele carinho. Senta-se na cama e olha para a neta. A barriga saliente fisga o foco dos seus olhos.

— Seu ajudante passou aqui — ela diz. — Deixou uma panela de feijão. Eu não gosto de feijão.

Ele sorri mansamente.

— É bom para a criança. Por causa do ferro.

— Mas não é bom para mim — ela insiste. E, depois, para mudar de assunto: — Juvenal, é esse o nome dele, não é?

— É — ele diz, cobrindo-se ao perceber que está apenas de cuecas. — O nome dele é Juvenal.

— Pois o Juvenal disse que ia lá pros lados da nascente. Por causa do muro do açude.

Ele pode ver Juvenal carregando as pedras, sentindo as pedras como se elas tivessem um segredo para lhe contar. E elas têm: cada pedra para o muro de taipa conhece seu lugar exato, e Juvenal conversa com aquelas pedras; não há palavras nesse diálogo, um diálogo de mudos, feito com a ponta dos dedos, com a palma das mãos.

Enquanto espera, Débora olha para seu peito ainda largo, um pouco flácido por causa da idade. Ele pigarreia.

— Agora vai, menina. Vou me vestir. Tem uma caixa de CDs com filmes perto do sofá da sala. Você pode vê-los no computador, ou então assistir ao noticiário. Aqui temos sinal de internet.

Débora aquiesce. Ergue-se, ajeita o vestido leve, que enruga na barriga. Antes de sair, pergunta:

— E o almoço? Eu não como feijão.

— Vou trazer uns peixes. Fiquei com vontade de pescar. Peixe você come, não é?

Ela dá de ombros.

— Peixe eu como, a mamãe fazia questão.

Quando ela sai, ele fica olhando a porta se fechar silenciosamente. A velha tristeza volta sem avisos sempre que ele pensa em Laura, sempre que o nome dela bate as asas. Ninguém foi feito para dar adeus a um filho. Laura é uma ferida que sangra, que purga, que cresce dentro dele silenciosamente.

Juvenal é um homem sem idade, o rosto curtido pelo sol e pelo vento. Seguindo pelo caminho que leva à nascente e descendo alguns metros para o platô, ele pode vê-lo, encurvado sobre o muro de taipa, encaixando uma nova pedra naquele complicado quebra-cabeça mineral.

Ele faz tudo sem pressa; aliás, pressa é um conceito que ele não conhece. Outras coisas, Juvenal aprendeu a conhecer.

Quando chegou ali, com o sonho de uma casa na cabeça, Juvenal veio trabalhar com ele e trouxe a mulher. Ensinaram-se muitas coisas. Juvenal aprendeu conceitos elétricos e hidráulicos e ensinou-lhe os segredos da mata, da chuva, das ervas que dão na encosta. Juvenal não acredita que a vida esteja tão dura nas cidades, mas cidade é uma coisa que ele não admira. "Aquilo lá sempre foi um inferno, nem imagino que alguma coisa possa ser pior do que uma pessoa morando em cima da outra, como um bando de galinhas", disse o velho ao ouvir os motivos que o fizeram preparar a casa para sua velhice.

Aproxima-se, pisando a vegetação molhada. Agora recomeçou a chuva, fina, insistente. Mas ele gosta, porque dormiu pouco e está meio zonzo. A chuva o desperta.

— Buenas, Juvenal — ele diz.

O caseiro ergue os olhos. Seus dentes amarelos e compactos se abrem num arremedo de sorriso, seus olhos pretos reluzem.

— Mais dois dias e eu termino isso, seu Marcus.

— Vai ficar bom — ele responde, examinando a mureta de taipa. — Vou pescar aqui na primavera.

Se a primavera vier, acrescenta mentalmente. E pensa no bisneto. Pensa no menino que o bisneto vai ser um dia, não vai demorar muito. Um menino como ele, pescando como ele pescava lá para os lados onde vivia com a família.

Juvenal assenta outra pedra cuidadosamente; depois se ergue, limpando as mãos nas calças de trabalho.

— Vou buscar mais pedras lá na encosta, na pedreira.

Ele assente. Diz que vai pescar, que a neta gosta de peixe. Juvenal responde que a mulher vai mandar um bolo de fubá pra menina. Depois sai andando decididamente, um pé na frente do outro, cada pé bem calcado na terra. Mas sem pressa.

Quando Juvenal está a alguns metros, ele ergue a voz e diz:

— Vi seu neto hoje. Veio de visita?

O velho vira-se, sacode a cabeça.

— Os guris da Isabel estão lá no Alegrete, seu Marcus. Vai ver alguém pulou o muro. Por causa das árvores frutíferas ou da água.

Ele fica atônito. Lembra o menino balançando as pernas, ouve o *toc, toc* das botinhas gastas na parede da garagem. Uma criança daquele tamanho não entraria ali sozinha, muito menos para roubar água. Não diz nada, mas, mesmo de longe, o velho Juvenal percebe sua confusão.

— Depois eu dou uma olhada por aí, seu Marcus.

E desaparece sob a garoa insistente, seguindo para os lados da mina de pedras. A ele não sobra mais nada, a não ser ir pescar. Quando sai caminhando em direção à garagem onde guarda seus materiais de pesca, ouve um suave farfalhar de folhas atrás de si. Mas não vira o rosto, porque sabe que está sozinho.

A tarde vai enveredando silenciosamente para o seu final. Os pássaros estão quietos, por causa da chuva que ainda persiste, embora comece a fraquejar e ele possa ver uma sinuosa nesga de céu para os lados do poente.

Ele está em seu quarto, respondendo a e-mails. Waldomiro Stobel escreveu contando que evacuaram cinco vilas na beira do Guaíba por causa das águas que subiram. Waldomiro é um homem cínico, escreve com poucas palavras, não sente pena. Ele imagina as centenas de famílias miseráveis, as calçadas onde as crianças dormem sob a chuva, e pensa que tudo vai ficar simplesmente pior. E pior ainda. E cada vez mais as coisas vão piorar, até um ponto em que, quando uma dona de casa sair para comprar o pão pela manhã, vai encontrar o cadáver de uma criança morta no meio da rua e, em vez de pena, sentirá alívio. Porque não foi ela nem foram os filhos dela. Só isso: não foi conosco, *desta vez*. Como nos tempos de Hitler, como nos guetos onde os nazistas enfiaram os judeus, enfiaram seus bisavós e sua avó, ainda menina. Ele lembra da voz áspera da avó, dos cabelos brancos, dos vincos ao redor dos olhos azuis. Ela contava do gueto, da fome, dos mortos rolando nas calçadas imundas.

Seus bisavós morreram muito provavelmente em uma câmara de gás, a avozinha escapou viva, um fiapo de gente com um número tatuado no antebraço. Escapou quando os Aliados chegaram, poucos meses antes de Hitler se matar, encurralado no seu bunker em Berlim. Mas e agora? Não há ninguém para encurralar. Não adiantam tropas, nem navios, nem células de inteligência. O homem encurralou-se a si próprio, e em algum lugar do universo, em meio à poeira das estrelas, a própria essência do que foi Hitler deve estar se rindo da situação. Vão todos morrer sufocados, arianos, judeus e muçulmanos, porque o planeta inteiro foi transformado numa imensa câmara de dióxido de carbono.

Desliga o computador deprimido. Não será conosco dessa vez, é isso que ele pensa. E, pensando assim, desce para a sala. Ainda chove lá fora. A água tamborila nas janelas suavemente, depois para de súbito, e o vento faz as gotas escorrerem pelas vidraças embaciadas.

Na escada, ele ouve a voz de Débora. Estaria ela falando sozinha? Ele espera um instante antes de descer o próximo degrau. Débora agora fala alto, visivelmente irritada com alguma coisa. Com alguém.

Ele para antes do final da escada e espera um instante. "Não!", diz a neta. "Eu nunca disse isso... E, olha só, eu estou muito confusa." A voz navega pela sala como um barco numa tempestade. Mas ela tenta falar baixo, tenta controlar seu nervosismo. Ele está apoiado na parede, ouvindo. Não quer descobrir os segredos da neta, não quer violar sua intimidade: só não desce por pudor. Mas então Débora soluça e diz:

— Eu não sei direito o que aconteceu naquele dia. Eu já disse isso mil vezes. E, quer saber?, esse bebê está na minha barriga, portanto ele é problema meu. Vá cuidar da sua vida.

É melhor que entre na sala de uma vez. Não quer estragar tudo, afinal eles tiveram um bom almoço, e o segundo round, tão esperado, ainda não rebentou. Assim, vence os dois últimos degraus num único passo. E vê, por um instante, o rosto do menino na janela: *poct, poct,* fazem suas botas de couro. Então pigarreia e entra na sala. No mesmo instante, Débora desliga o telefone.

— Você está aí — ela diz, ofegante. E seu rosto arredondado enrubesce subitamente, como que colorido por algum efeito de computação.

Ele nota que ela não fez uma pergunta, mas uma afirmação recendendo a mágoa.

— Sim, estou — responde. E tem vontade de dizer: esta é a minha casa.

Mas não diz, cala. A casa é circunstancialmente dele, vai ser de Débora e do bebê. No entanto, ele não consegue deixar passar. Encostado na parede, fingindo desinteresse mas com sarcasmo na voz, pergunta:

— Com quem você estava brigando?

Os olhos dela ardem.

— Isso é assunto meu, Marcus. Você me trouxe pra cá, tudo bem, eu perdi o ano na escola, e a cidade está meio que em calamidade por causa das chuvas e tudo mais. Mas eu falo com quem eu quiser, OK?

Nesse momento, um trovão rebenta no céu lá fora. Embora faça calor, ele sente um súbito arrepio. Estica o braço e pega sua capa de chuva, pendurada num cabide na parede. Veste-a com gestos bruscos.

— Se você olhasse a vida de frente, ia constatar que só tem uma pessoa no mundo, Débora. E essa pessoa sou eu. Os outros são meras circunstâncias. Mas eu sou o pai da sua mãe, e você é a filha da minha filha. Será que você pode entender isso? Será que pode?

E, depois desse ataque de fúria, ele sai para o quintal onde a chuva começou a cair com entusiasmo subitamente renovado.

Andando pela trilha de pedra no rumo da encosta, agradece os pingos que lavam seu rosto e que o acalmam. E, enquanto pisa o barro viscoso com seus chinelos de dedo, pois na pressa não colocou as botas de trabalho, enquanto escorrega seus passos trêmulos pela terra ensopada, ele revê a barriga da neta, aquele invólucro secreto. Aquele nó que amarra as duas pontas da meada, eles dois.

A montanha ergue-se sobre todas as coisas como um imenso promontório. Quando comprou aquele terreno pedregoso, que exigia um projeto difícil e uma horta plantada em níveis, ele pagou barato. Ninguém queria passar trabalho, e sempre se podia construir na planície. Agora aquele pico é seu paraíso e a sua salvação. Bem, talvez seja um exagero isso de "sua salvação". Com sorte, muita sorte, viverá mais quinze anos. Sim, morrer aos setenta e sete é um fato honrado, digno. E em quinze anos talvez o planeta ainda não esteja completamente afogado pelos mares enquanto as pessoas se desesperam de sede. Talvez o processo de dessalinização da água já seja uma coisa corrente, e o chuveiro ainda exista de modo que a civilização humana possa usufruir desse mítico conforto. Mas nunca se sabe. Pequenas ilhas já desapareceram do mapa. Algumas casas à beira-mar já foram abandonadas aqui e ali. O uso da gasolina tornou-se financeiramente impraticável, e mais da metade da população economicamente ativa do país não tem dinheiro para comprar um híbrido: existem centenas de ferros-velhos a céu aberto. Porém, daqui a quinze anos, o filho de Débora vai ser um jovem numa sociedade provavelmente constituída de células independentes, como na Idade Média. Pequenas povoações cercadas por muros. E esse terreno, essa ponta de montanha, vai ser o feudo do seu bisneto.

Ele vai pensando essas coisas enquanto desce pelo despenhadeiro. Está de chinelos e toma muito cuidado, afinal ainda tem direito a quinze anos, conforme a média de vida do homem atual da sua faixa social e econômica. Mas há um caminhozinho e uma pedra plana, longa e achatada, que se abre para o vale como uma espécie de varanda mineral. Ele gosta de ficar ali e pensar na vida. Ali se enfiou quando Débora, dois meses antes, bateu-lhe à porta de casa com a novidade sobre a criança, pedindo-lhe ajuda financeira. Aquela barriga incipiente brotando do corpo magro e longilíneo subitamente descortinada ante seus olhos pasmos. Como ele não percebera antes?

Senta-se na pedra e abraça os joelhos, seus pés estão completamente sujos de barro. Mais abaixo, um colchão de nuvens parece cobrir parte da encosta. Ele sente um súbito desejo de se jogar, de provar o contato limpo e diáfano das nuvens. Seca o rosto molhado, e percebe que a chuva diminuiu outra vez.

Por que será que não consegue se entender com Débora? Por que essa menina sempre foi um segredo pra ele? Uma parte de Laura (e como ele simplesmente adorava Laura!) está escondida na carne de Débora. Uma parte dele mesmo está lá; porém é tão difícil... As palavras nunca se ajustam. Aos ouvidos dela, tudo parece ter outro significado. Então ele pensa no pai dela, no homem que partiu, cuja herança genética Débora carrega. Pensa nesse homem e o culpa. O fato é que sempre foi um homem paciente. Seus alunos procuravam-no com frequência pedindo conselhos, abriam-se com ele. Com Laura, nunca guardara segredos. Mas entre ele e Débora parece haver uma ponte caída, como se os dois estivessem em lados diferentes do mesmo precipício.

Ele junta uma pedrinha e atira no abismo. Só o murmúrio da chuva fina chega aos seus ouvidos. O vento soprando nas árvores, a Terra girando lentamente em torno de si. Agora está tão fresco... A noite já vem e traz consigo uma espécie de serenidade quase mágica, que o acalma. Então ele fecha os olhos por um instante. Eu sou parte disto aqui. Estou girando junto, ardendo junto.

Quando abre os olhos, não está sozinho. O menino está lá, à beira do platô, e olha-o com seus olhinhos serenos. As botinhas de couro parecem cheias de água e rangem docemente quando ele se aproxima, *plac, plac.* É o mesmo menino que o visitou na garagem, e não é o mesmo. Mas ele não sabe dizer por que sente isso.

E não diz. Apenas estende a mão, sua mão molhada e fria e calosa do trabalho naquele pedaço de chão. O menino sorri. Em sua direção, avança uma mãozinha menor. Cinco dedos perfeitamente desenhados, cuja base, rosada, ainda guarda a redondeza e a maciez da primeira infância.

Ele aperta aquela mãozinha quente entre seus dedos e sente o pulsar daquele outro corpo. Apenas se olham, o velho e o menino. Sim, porque perto desta infância tão fresca ele é um velho. Mas é bom, um sentimento confortável. Talvez por isso não se digam nada, e em silêncio o menino senta-se ao seu lado no pequeno promontório de pedra.

Os dois ficam ali, olhando o mundo, como uma plateia à espera de um grande espetáculo. Ficam de mãos dadas num segredo dividido. E então compreende que o menino rejuvenesceu, que ele rejuvenesce a cada momento como alguém que vive os segundos de maneira invertida. Como uma semente vingando seu broto, só que ao contrário.

Ao seu lado, o menino vai ficando mais menino. A mãozinha sutilmente escorrega da sua, e precisa apertar os próprios dedos para retê-la.

Ele vê os olhos do menino luzirem, incrédulos de tanto céu e tanta terra. Mas talvez esse não seja um brilho de incredulidade. Ele ainda tem vislumbres da própria infância, aquela ilha cheia de segredos felizes e de sofrimentos. Talvez esse viço nos olhos do menino seja apenas o brilho da vida no seu começo, quando o ser humano ainda se rende aos milagres.

A mão minúscula palpita dentro da sua como um coração. Sorri, sentindo-se momentaneamente feliz. A companhia do menino o acalma.

Ele não tem certeza de nada; mas de uma coisa sabe: esse menino não veio aqui roubar água.

Achados e perdidos

Arthur Mandelli trabalhou dois dias esperando por Liuliu. Mas o silêncio foi seu prêmio. Em casa, nenhum e-mail, nenhum telefonema. Com exceção do namorado, que o chama todos os dias quando não podem estar juntos, somente a mãe liga para saber dele. Se está vivo, é isso o que a mãe quer saber, mas as perguntas são triviais: se comeu, se conseguiu tomar banho, se não pegou nenhuma doença no hospital, se não foi tragado pelas águas, nem pirou. Há muitos casos de gente doida andando pelas ruas ultimamente. Ele responde tudo, pacientemente. A mãe é viúva. E sempre quis ter netos. Como ele é filho único, a mãe não terá netos. Ele compensou dando-lhe dois cachorros, Biba e Rimbaud. Mas o Rimbaud morreu semana passada depois de trinchar um rato de esgoto.

Arthur pensa na mãe enquanto liga seu notebook rezando para que a bateria esteja carregada. Morando no sétimo andar, a mãe ficará na janela olhando as ruas se encherem de água. Uma janela para o fim do mundo. Acha incrível que essa mulher frágil de setenta e dois anos consiga se ocupar das suas mazelas... Mas conhece a natureza das mães. Viu-as, às dezenas, com seus filhos sangrando, feridos, atropelados, infectados pelo HIV, com cólera, dengue, leptospirose, câncer. Sabe reconhecer uma mãe entre as tantas criaturas infelizes que vagam pelos corredores do hospital. Alguma coisa nos olhos, alguma coisa que as une quando elas se cruzam sob a luz branca, e seus olhos se fitam por um instante, sem palavras.

Liuliu não veio nem respondeu seus e-mails. Teve vontade de escrever-lhe dizendo "seja mãe". Esta é a palavra: Maternidade. Porém, não disse nada sobre isso. E, de qualquer modo, Liuliu não veio.

Arthur olha ao redor de si. Está na saleta dos médicos. São duas horas da manhã e os relâmpagos iluminam a noite lá fora. Faz calor ali, mas é proibido gastar energia com ar-condicionado. Ele olha a sala acanhada e limpa. Pode se deitar no sofazinho velho e dormir até às quatro. Depois volta para a ronda. Lá fora, um grito seguido de murmúrios abafados pela chuva que bate nas vidraças. É incrível que ainda esteja chovendo, ele mesmo já perdeu a conta dos dias. Essa água toda, descendo do céu como uma espécie de pranto.

A porta se abre e entra Luna, uma das enfermeiras. Ela sorri, ajeitando o uniforme branco.

— Acordado? Você devia descansar um pouco, doutor.

Ele dá de ombros. Como explicar-lhe que, enquanto dorme, sonha com esses e-mails? Gente se procurando como num jogo de cabra-cega.

Arthur digita o login, seu rosto brilha por um instante, iluminado pelas luzes que vêm do monitor retangular.

Ele diz:

— Tenho que trabalhar no site, Luna. Tem sempre alguém procurando alguém nesse caos. Estou tentando unir as pontas da meada.

Ela ri baixinho.

— Não vá se emaranhar nisso, doutor.

E aproxima-se pisando leve. Um pouco além da conta, ele sabe. Arthur sente as pontas dos seus cabelos castanhos roçando seu pescoço, e cogita em abrir o jogo com Luna. Mas depois desiste. Ela nunca poderia entender, e a verdade é que nem ele mesmo entende o que lhe vem acontecendo nos últimos tempos. Desde aquele encontro num elevador, quando foi mesmo? Em fevereiro, antes do Carnaval.

Arthur sorri para Luna. Ela é bonita, tem esses seios firmes, os dentes brancos e parelhos. Tão viçosa como um animal jovem.

— Cento e oitenta e-mails — ele diz simplesmente. — E daqui a quatro horas eu volto pro plantão.

— Os achados e perdidos — Luna retruca em voz baixa. — É incrível que você ainda tenha energia sobrando pra isso depois de tudo que acontece aqui.

— Sou um obcecado.

Os cabelos dela dançam perto dos seus olhos. Um certo calor emana do seu corpo inquieto, com cheiro de hortelã. E então Luna se afasta, ela também precisa voltar ao trabalho, a vida é dura nas entranhas desse prédio quadrado e antigo, silencioso e taciturno. Ele levanta os olhos do computador por um segundo e pensa: cheiro de hortelã. Alguma coisa em Luna resiste ao cheiro antisséptico dos corredores.

Despede-a com um sorriso cansado, e Luna sai, os saltos dos seus sapatos parecem cantar uma música, depois silenciam. Ele fica sozinho pensando nela, pensando na sua própria falta de coragem de dizer a verdade. É um covarde, isso sim, um covarde que se esconde atrás de jogos de palavras.

Palavras. Palavras sem jogo algum, gritando, piscando na tela do seu computador. Palavras que se procuram nesses emaranhados virtuais, enquanto a cidade, afogada, tenta manter a cabeça à tona.

Arthur volta a concentrar-se nos seus e-mails.

From: Manuela Souza
Subject: O meu filho sumiu na Av. Praia de Belas.
Today.
To: Achadoseperdidos.org.com; elisa

Li hoje mensagem de três dias atrás. Menino seis anos, castanho-claro, olhos castanhos. Usando camiseta branca, botas e calça sarja sumiu na Praia de Belas. Achei menino com essa descrição faz dois dias, perdido numa rua do Jardim Botânico, com febre alta. Ele tinha diarreias e vômitos, olhos amarelados. Consegui um médico pra vê-lo apesar de tudo, e eu só sabia o seu nome – Lucas. O médico disse que era leptospirose e deu antibióticos, mas ele estava na fase aguda da doença e não resistiu. Menino faleceu hoje. Está comigo, não sei que providências tomar. Por favor, Elisa, leia este e-mail, número do seu telefone não atende. Talvez não seja seu filho, pode ser outro Lucas, seis anos. Por favor, divulguem. Eu também sou mãe, sei o que é isso. Fiz o que pude, estou com o coração destroçado. Manuela.

From: Débora Reismann Dil
Subject: Beto Lima
Today.
To: Achadoseperdidos.org.com

Estou procurando o Beto da UFRGS, aluno da Biologia, formando do ano passado, agora faz pós-graduação. Castanho, olho azul, alto, bonitão. Ele tem um Corsa Sedan preto e mora na Castro Alves. Telefones não atendem. A gente ficava junto, preciso muito falar com ele. Importante mesmo. Coisa de vida ou morte. Hum, coisa de vida... Se alguém souber do Beto, me escreve, please. Estou ficando louca sem notícias.

Arthur repassa as mensagens para sua própria lista de destinatários: professores da faculdade, alunos de Medicina, funcionários, gente do seu bairro, colegas médicos, sites humanitários, a lista de discussão da faculdade de Medicina, a lista do HPS, seus amigos, parentes, conhecidos.

Ele repassa a mensagem *Beto Lima*, e pensa que já ouviu esse nome em algum lugar, mas não tem ideia de onde. Tantos alunos, tanta gente, e antes Arthur fazia plantão em dois hospitais. Mas o que mais o assusta, o que faz bater seu coração, é o menino. Seis anos. Lucas. Camiseta branca.

Ele fecha os olhos por um segundo e imagina essa criança. Perdida da mãe, vagando pelas ruas da cidade ensopada e silenciosa. Fome e frio e medo. Talvez estivesse num desses ônibus escolares que a água arrastou. Talvez se tenha salvado por sorte, escapando pela janela. Talvez ainda dentro do ônibus ele tenha bebido água infectada. Depois as ruas. Os pais desesperados, vagando de hospital em hospital. O necrotério cheio, crianças desaparecidas às dezenas. Ou talvez não tenha sido nada disso. O menino apenas fugiu de casa. Ou o carro do pai caiu no rio. Ou a mãe morreu. Ou tudo isso é uma piada, invenção de alguém trancado em casa há duas semanas, entediado, dando corda para tolos com tendências humanitárias como ele. Vai ver.

Arthur não tem certeza de nada. Seus dedos procuram o *forward*. Um *clic* e o e-mail segue seu rumo. Essa última evocação ao menininho de seis anos que sumiu na Avenida Praia de Belas.

4.

Marcus Reismann entra em casa. Na sala, Débora acompanha o noticiário pelo computador.

Na tela de cristal líquido, um jornalista fala da guerra na Arábia Saudita. Uma bomba explodiu em Meca e centenas de milhares de muçulmanos estão revoltados. A tela se enche com a imagem de uma massa humana em fúria enquanto línguas de fogo de um vermelho sujo consomem uma mesquita. Volta o rosto do âncora do jornal, e agora as tragédias regionais: a Ilha dos Marinheiros, na Lagoa dos Patos, entra no seu terceiro dia de evacuação. A água, que já subiu um metro e meio, obriga a população a abandonar suas casas. Gente pobre levando trouxas, caixas, pertences desmembrados, desbotados e sujos. Sentada num barquinho, uma criança olha para trás, para o que restou da ilhazinha afogada. A imagem espeta-o como a ponta de um punhal. Seus olhos ficam úmidos. De repente, ele virou um sentimental.

A voz do jornalista, monocórdia, enche o silêncio da pequena sala. Lá fora, o cachorro de Juvenal late preguiçosamente para os ruídos da noite. Débora está no sofá, comendo um sanduíche. Ele reconhece o pão sovado por Eulália, a farinha escura do moinho. Os olhos verdes de Débora rebrilham quando ela o fita, e ele sente sua raiva pairando no ar como um pássaro.

Tira o capote e pendura-o no gancho da parede, limpa o rosto úmido de chuva. Não sabe bem por que, mas pressente que o céu amanhecerá limpo. Parado no meio da sala, ele sente seu coração batendo forte, como à espreita de algo. Talvez tenha sido a inexplicável presença daquele menino que o deixou assim, frágil e levemente aéreo. Uma alucinação suave, como uma boa garrafa de vinho branco: a presença do menino. No entanto, tem vergonha. Queria falar sobre isso com alguém, talvez com Débora. Mas não pode. Então olha a neta e diz:

— Me desculpe.

Ela acaba de mastigar, e suas mandíbulas trabalham com determinação. Depois de um longo momento de pausa, diz:

— Você não é meu dono, Marcus. Eu não posso dirigir um carro aos dezessete anos, mas não existe uma lei que me proíba de falar ao telefone.

Ele senta-se no primeiro degrau da escada. Examina os pés sujos de terra. Conclui que deveria tomar um banho, limpar-se um pouco. Mas, em vez disso, retruca:

— Você falava da gravidez? Falava com o pai dele? — E seus olhos fitam a barriga sob a camiseta de algodão azul.

Ela ri. De repente, seu riso límpido ecoa pela sala abafando as palavras do homem do telejornal. Doze mortos na enchente em Porto Alegre, mas o riso dela é puro cristal.

— Quem disse pra você que é um menino? Pode ser uma menina. Nascem mais meninas no mundo. O Rio Grande do Sul tem sete mulheres para cada homem, eu li isso em algum lugar.

A barriga é um farol. Seus olhos fitos nesse globo de carne, sangue e vísceras, e ele não sabe explicar a sua certeza. Talvez seja apenas um desejo; sim, ele sempre quis um menino por perto. Um igual. Mas também é mais do que isso. A garagem, o promontório... Subitamente tudo se encaixa: ele já conhece o neto. Se lhe perguntarem, poderá dizer que o menino terá os olhos amendoados, os cabelos castanhos, o rosto arredondado e a boca sorridente, de lábios finos. Suas mãozinhas, ele pensa em dizer, enquanto Débora o fita com seus olhos duros, suas mãozinhas tenras têm dedos rechonchudos. E ele gosta de ficar no promontório. "Como eu", ele pensa.

Alegra-se, sente que está no caminho certo. Finalmente foi uma boa ideia arrancar a neta de Porto Alegre, da companhia dos amigos, um bando de jovenzinhos que não têm nem consciência suficiente para apagar a luz depois que saem do quarto. Esse bando de cegos, com seus pais cegos, que vão ficar sentados confortavelmente em suas casas enquanto os mares sobem. O bisneto, seja lá o que seu bisneto é, este peixe que boia na sua minúscula lagoa de líquido amniótico, esse bisneto já ama a serra, o promontório, o pequeno pomar. Ele vai crescer aqui, vai plantar verduras, vai ensinar Débora a cuidar da horta.

Mas a mãe do seu bisneto parece ter ideias opostas.

— Vovô, você ouviu o que eu disse?

Ele responde que ouviu. Sim, é lógico que a criança pode ser uma menina. Ele gostaria dessa possibilidade, afinal passou dois terços da própria vida cercado de mulheres. Na verdade, não tem preferências.

— Mas acho que é um menino, você vai ver.

Ela dá de ombros. "Deve achar que estou caduco", pensa. Mas não conta das duas visitas, das visões. E avisa que vai preparar o jantar, uma sopa de batatas.

— Não estou com fome — diz Débora. — Estou é com vontade de ir embora daqui, quero voltar pra Porto Alegre.

— Não dá. Você viu o noticiário, viu as imagens da enchente. E a coisa não vai melhorar, pelo menos por enquanto.

— Mas eu quero estar perto de um hospital.

Ele vê o medo nos olhos dela. Esse verde que se nubla dentro das suas retinas úmidas. Rompendo essa eterna barreira invisível que os separa, ele toca-lhe os ombros, passa a mão pela massa dos seus cabelos escuros num carinho lento.

— Débora, vai dar tudo certo. Você está melhor aqui em cima. Quando as águas baixarem, se baixarem, vão começar as epidemias. Leptospirose, malária, essas coisas. O ecossistema está virado de pernas pro ar.

— Nós não estamos em outro planeta, Marcus. Tudo que acontecer com eles acontecerá conosco também.

Ele sacode a cabeça.

— Somos poucos aqui, os riscos são menores. E outra coisa, quero tranquilizar você com respeito ao parto. — A palavra *parto* tinge seu rosto de um rubor desconhecido e ele baixa os olhos. — A mulher do Juvenal, a Eulália, é parteira. É enfermeira também, Débora. Anos no hospital municipal de São

Francisco. Mas agora ela se aposentou e está a cem metros de nós. Ela vai cuidar de você, é uma boa pessoa.

Débora se encolhe. Viu Eulália de longe: uma senhora tostada de sol, usando um vestido floreado e chinelos plásticos. Não parece saber grande coisa de nada, a não ser, talvez, de galinhas e pães sovados. Imagina-se numa sala higienizada, médicos de avental verde, luvas, um silêncio de oração. Bem, talvez o *plim-plim* de alguma máquina ou monitor. Mas Eulália?

— Marcus, você está brincando comigo...

Ele senta-se ao lado dela.

— Os hospitais estão superlotados, meu bem. Procure na internet, leia as notícias.

Outra vez, sua mão desliza entre os cabelos da neta; depois, toca o ventre teso, palpitante. Ele sente o mesmo calor que sentiu com aquelas mãozinhas miúdas e mornas entre as suas, lá fora na montanha.

— Tenho medo... — diz Débora.

— Ainda faltam mais de dois meses, OK? Não pense nisso agora. E, se mais tarde as coisas estiverem melhores, eu levo você pra cidade e seu filho vai nascer no hospital.

Débora sustenta o seu olhar por alguns instantes. O brilho límpido dos seus olhos é quase um gume. Então ela se ergue e sai da sala pisando leve, a barriga precedendo-a em cada passo como o avesso de uma sombra.

Ele fica sozinho na pequena sala, cercado de móveis e objetos que lhe trazem boas lembranças. Deveria sentir-se aconchegado ali, entre as suas coisas, nesse espaço onde colocou o melhor de si mesmo, mas a solidão é a mesma de sempre e lhe dói de igual maneira.

Meu nome é Marcus Reismann, ele diz. *Meu nome é Marcus Reismann.*

Repete sempre essa mesma frase, mas ninguém o ouve. Andando na beira do despenhadeiro, ele corta os pés nas pedras afiadas. Não chove, mas faz um calor terrível, e ele sente o suor brotando dos seus poros, escorrendo pela sua testa, salgando suas palavras.

Meu nome é Marcus Reismann, você viu minha neta? Ele pergunta mas ninguém responde. Está cercado de pessoas, mas as pessoas são de pedra. Lapidados na pedra da montanha, seus rostos imutáveis, e os olhos sem expressão olham além dele. *Você viu minha neta, viu minha neta?*

Ele dá um pulo na cama e desperta para a escuridão. Seu coração bate com um descompasso assustador, e do sonho restou-lhe apenas o suor, um suor que escorre pelo seu pescoço e empapa a gola do pijama leve de algodão.

Levanta-se e abre as janelas porque está muito escuro. Há uma vela sobre a mesa, mas ele prefere a luz das estrelas que, agora, do quadrado de céu que a janela descortinou, vêm iluminar a sua cama.

Sonhou com Débora e ela havia desaparecido. Embora esteja acordado e sua mente racional funcione com perfeição, ainda assim resolve ir até o quarto da neta para ver se ela está lá. Vai tateando as paredes, vai no escuro por teimosia, abre a porta que não range e adivinha, mais do que vê, os contornos de Débora sob o lençol branco. Ela dorme quieta, alheia às suas angústias. Tranquilizado em seus temores, ele volta para o quarto e fecha a porta atrás de si.

Na janela, o Cruzeiro do Sul brilha num quadrado de céu. Pequenas cintilações riscam a noite silenciosa, e ele imagina insetos de asas prateadas voejando entre as plantas enredadas nos seus caules; nas copas das árvores sonolentas nada se mexe, e as constelações ardem com calma tal qual ardiam nas noites da sua infância.

Ele viaja até uma noite perdida nas brumas de um passado repleto de medos noturnos, de sonhos angustiosos, quando a mãe vinha no meio da madrugada cingi-lo em seus braços. Por um momento, ainda pode sentir seu levíssimo perfume de rosas, o toque macio dos seus cabelos no rosto, o calor daqueles abraços. Faz muitos anos que não pensa nisso. Mas a criança que Débora espera vem despertando-lhe toda uma gama de sentimentos antigos, soterrados como fósseis de um período que, de tão longínquo, parece anterior a essa sua existência. Ele, Marcus Reismann, sessenta e três anos. Um homem na terceira idade, como dizem por aí, voltando décadas no tempo até pescar, do fundo lodaçal das suas memórias, o velho perfume de uma madrugada extinta.

Caminha de volta pra cama, ajeita o travesseiro úmido e puxa o lençol sobre as pernas. Fecha os olhos por um momento e prova a solidão das pálpebras cerradas. Tudo começa a serenar dentro dele, e o coração, *tum-tum, tum-tum-tum*, esforça-se para recuperar o ritmo, como um velho que, errando o passo da dança, se vê perdido no meio do salão.

Abre os olhos outra vez. Escorrega a cabeça para o travesseiro e então percebe, contra a luz das estrelas, sentado na única cadeira do quarto, o vulto de um jovem que o fita. Talvez tenha menosprezado seu músculo cardíaco: o coração, apesar da visita inesperada, não desceu a ribanceira do espanto, e segue batendo na mesma suave inconstância, *tum-tum, tum-tum-tum*.

O jovem olha-o como se reencontrasse um velho e querido conhecido. A luz branca da noite escorre pelos seus cabelos ondulados, compridos até os ombros. Seu rosto é bonito, traços delicados. Os olhos, ele já conhece, amendoados, castanhos, têm um brilho macio. É um pouco magro demais, como se tivesse crescido de repente numa explosão celular digna da puberdade; e não fala, mas se falasse, ele quase pode sentir isso, se falasse sua voz seria rascante, às vezes melodiosa, indecisa quanto ao tom — uma voz enveredando nos caminhos da idade adulta.

Ele não tem mais medo dessas improváveis visitas. Pelo contrário, até sente saudades do menino quando ele se vai. Senta-se na cama e sorri. Conhece o calor dessas mãos de dedos finos. Vê as palmas apoiadas sobre os joelhos, vê os pés pequenos e brancos, descalços, sujos de terra. Alegra-se ao ver essa terra entre os dedos dele.

As pequenas árvores um dia terão largas copas, assim como seus pés estão fadados aos últimos passos. As pequenas árvores do viveiro, esses caulezinhos presos em estacas, essas folhas tenras, tudo isso ainda estará aqui quando tiver partido. Ele sorri, pensando num tempo de árvores altas com galhadas repletas de brotos. Elas darão sombra para esse rapaz.

Os frutos dessas árvores, assim como seu visitante, ainda estão escondidos nas frestas do futuro. Sementes. Ele diz a palavra em voz muito baixa. Sementes, ele repete. E sorri para o rapaz.

— Você gosta da horta?

Sua voz soa forte, uma nota dissonante na quietude da noite. As cortinas dançam por um momento, como que despertadas de seu sono, e ele teme que o jovem simplesmente desapareça, se liquefaça nesse ar parado, tal qual uma ilusão onírica.

Mas não.

Ainda a luz das estrelas vaza pela janela e banha seus cabelos. Porém, seu visitante nada diz. Sorri apenas, sorri sem timidez um sorriso de parelhos dentes brancos. E então se recosta na cadeira, essa cadeira que ele trouxe, oito meses atrás, do apartamento da cidade.

Ele põe os pés para fora da cama e se senta. A dois metros de si, o jovem fecha os olhos. A cadeira é macia, estofada, e ele parece estar confortável: num abandono, seu rosto delicado relaxa, a pele branca fica ainda mais leitosa sob o efeito da madrugada cheia de estrelas. Ficam assim por alguns minutos: o jovem de olhos fechados, ele esperando. Queria tocá-lo, sentir-lhe a mão entre as suas, só para ter certeza. Certeza deste mistério no qual foi subitamente imerso; sim, pois o jovem à sua frente é o futuro — para isso os animais fazem sexo e procriam, para deixar a sua marca, a sua combinação genética.

Olha-o atentamente. Quantos anos tem? Talvez a idade de Débora. Espanta-se, pois daqui a dezessete anos terá oitenta. Velho demais. Improvável demais.

Ele sussurra algumas palavras, agradece essa visita, essa súbita união de espaços, esse vacilo da engrenagem da vida.

Como um presente, encontrou esta brecha na tecedura do Tempo.

Perto dele, alheio aos seus desvarios, o jovem dorme. Parece tão tranquilo, tão integrado ao espaço, até mesmo à cadeira larga, com seu encosto de couro, como se dormisse ali todas as noites. Enquanto o rapaz sonha, a cabeça caída para o lado, o ressonar calmo e compassado e saudável, ele apenas se deixa ficar. Uma doce vigília, um presente.

No céu, as estrelas mudam de lugar no silêncio vítreo da madrugada. E ele ali, sentindo-se vagamente unido, nesse êxtase, às velhas noites nas quais sentava-se ao lado do berço de Laura, logo que a filha nasceu. Ele ri e pensa na semelhança dos milagres.

O ressonar do outro é uma música. Ele pensa em Enio Morricone. Nos acordes mágicos e cristalinos de Enio Morricone em *Enfance et Maturité*.

Acorda de excelente humor, mas o mesmo não se pode dizer de Débora. Descabelada, sentada na sala folheando um livro de fotografias da Antártica que pegou da prateleira, ela nem mesmo trocou a roupa.

Cumprimentam-se discretamente. Sobre a mesa de canto, ele vê o copo de leite vazio e as cascas de uma maçã sobre um pires. Ela não o esperou para o café, e também acordou cedo. Mais cedo que ele.

— Está um dia lindo — diz. — Depois de dez dias de chuva, é uma bênção.

O pálido sol que brilha lá fora não parece alegrá-la muito. Débora concorda displicentemente, olha o quintal por um momento. Vê as árvores, o verde da mata, a montanha, a parede de pedras; depois baixa o rosto para as fotografias de uma branca Antártica que vem se perdendo ano após ano.

— Vou para o viveiro.

— Fique à vontade — ela responde, secamente.

Assim ele calça as botas, coloca um boné e sai para a rua, aspirando o ar fresco e limpo da manhã. Ainda não são sete horas, e a brisa picante arrepia a pele dos seus braços. Ele segue pelo caminhozinho de chão batido assoviando *Enfance et Maturité*.

Dormiu em algum momento da noite e, ao despertar, o jovem não estava mais lá. Porém, ao tocar a cadeira onde ele estivera, sentiu o couro ainda quente daquele corpo. Na ponta dos dedos, comprovou a presença do outro. E esse calor na superfície da pele deixou-o inexplicavelmente feliz.

Quando chega na horta, a brisa traz até suas narinas o cheiro bom dos temperos. Hortelã, sálvia, manjericão e outras ervas estão plantadas em fileiras descendentes riscando a terra escura da encosta. Os caulezinhos de um verde tenro se espicham para o céu. Mais além, protegidas por uma cerca, estão dezenas de espécies que ele trouxe para a propriedade e que plantará na próxima primavera. Ainda incipientes, as mudas crescem como crianças prematuras no berçário de um hospital.

Angico-vermelho, álamo-prateado, canela-branca, cedro-rosa. Nomes coloridos que ele gosta de pronunciar, enquanto examina suas folhas à procura de fungos ou lagartas. Mais para lá, guapuruvu, ingá-amarelo, ingá-do-brejo, ipê-roxo. Na frente do primeiro apartamento em que morou com Júlia havia um ipê-roxo. Ele sorri, lembrando de Júlia na calçada pontilhada de flores.

Segue andando entre as fileiras de mudas e pequenas árvores com seus troncos ainda frágeis, amarrados em estacas. Passa pelo ipê-amarelo, pela paineira-rosa, pela pitangueira. Depois vêm a romã, o salso, a santa-rita, a tipuana e a sibipiruna. A terra está molhada demais por causa das chuvas intensas, e agora, com o sol brilhando, as plantas parecem se agarrar no ar, escalando uma parede invisível rumo ao calor do sol.

Num canto do viveiro, ajoelhada no barro, usando um lenço vermelho na cabeça, está Eulália, esposa de Juvenal. É uma mulher magra, cujos cabelos longos começam a branquear nas têmporas, e de idade indefinível, mas ele sabe que ronda os cinquenta anos. Porém, os braços fortes, a pele bronzeada e a energia dos gestos (ela arranca um, dois, três pés de alface do chão, balançando-os para livrá-los da terra excedente), tudo nela traz uma sensação de vigor.

Ao vê-lo, Eulália levanta os olhos e sorri:

— Bom dia, seu Marcus.

Ele olha ao redor. O ar ali em cima é fino e límpido, o sol, embora fraco, vai dando conta da umidade. Ele quase pode sentir as plantas fazendo sua fotossíntese.

— Está um bom dia mesmo — responde. — Depois de toda aquela chuva…

Eulália joga os três pés de alface numa bacia de lata onde pepinos e tomates esperam.

— Vou fazer uma salada e levar um pouco pra menina. Comida industrializada todo dia não faz bem pra saúde. Vai ter frango também.

Ele sorri, dando de ombros.

— A menina foi criada na cidade, abrindo pacotes de biscoitos, você sabe. Mas ontem ela comeu o pão feito por você.

Eulália está em pé. Olha ao redor atentamente, conferindo se deixou alguma coisa por fazer. Seus olhos miúdos percorrem com carinho as fileiras de folhas que brotam da terra escura. Os dedos tocam no crucifixo de prata que ela traz ao pescoço.

— Ontem eu fui lá, seu Marcus — ela diz, baixando a voz. — Enquanto eu arrumava a casa, Débora ficou conversando comigo. — Os olhos dela, agora fixos nele, cintilam. — É uma menina doce.

— Agridoce, eu diria.

Eulália ri e mostra uma fileira de dentes surpreendentemente brancos. A mão que acariciava o deus pendurado na sua cruz agora segura a bacia com as verduras. Ele vê as unhas curtas, perfeitamente lixadas. Eulália é uma mulher asseada.

— Eu tive meu primeiro filho com dezenove anos, seu Marcus. Eu era muito nova e sabia tão pouco da vida, não entendi nada daquilo. Mas depois o mistério se revelou para mim… — Ela sorri, baixa os olhos por um momento, depois torna a fitá-lo: — Disse Deus: "Haja luz", e houve luz. Tudo que acontece é sempre um desejo de Deus. A sua neta está com medo, ela é um instrumento de Deus e não sabe disso.

— Eu também estou com medo — ele diz. — Sinceramente, acho que Deus não tem nada a ver com tudo o que aconteceu conosco.

Eulália entrega-lhe um sorriso sereno. Por um momento, parece considerá-lo tão simples como um dos pés de alface que colheu da horta. Ele, que não se reconhece nos gestos de Deus.

— Vai dar tudo certo — ela garante, ajeitando a bacia com as verduras no arco do braço direito. — Todos os nós serão desatados no devido tempo.

Ele não vê mais remédio do que aquiescer às palavras dela, enquanto tenta imaginar esse deus artesão ou marinheiro, a cujos divinos dedos os nós da existência humana cedem milagrosamente. Assim se despedem. Eulália segue seu caminho, os pés afundando no barro macio. Ela caminha com os ombros eretos e tem um passo elegante de animal selvagem.

Sozinho, ele arregaça as calças, pega de uma pá e começa a cavar uma pequena valeta a fim de drenar a água acumulada no viveiro. Depois da segunda pá de terra, o suor já escorre em profusão pelo seu rosto, e ele já deixou de pensar em Débora e de se sentir incomodado com tudo isso, com todas as coisas que não pode controlar.

Teve diversas oportunidades de lidar com as mulheres na vida. Só com Júlia, ficou casado quase quarenta anos. Depois aconteceu Laura: acompanhar o crescimento, a formação de uma fêmea, tanto corpórea como espiritualmente, é uma coisa que ele jamais vai esquecer. No começo, era a comunhão; o bebê no seu colo, aquele calor, o fim do choro. Depois a adoração: Laura só comia quando ele estava em casa, e era para o pai o seu melhor sorriso.

Juntos, aprenderam a jogar futebol; por ela, ele aprendeu a vestir e a banhar bonecas. Mas então o tempo foi passando e a puberdade estendeu uma espécie de véu entre os dois — ainda eram amigos, os sorrisos ainda brilhavam, mas nada mais foi como antes. Havia o sangue mensal e os segredos que vinham com ele, havia aquele corpo, agora escondido, aquele corpo que foi aprendendo a parar de tocar, usurpado dele por uma carga hormonal que transformava sua filha em outra, diferente. O pai, no máximo, tornara-se uma boa companhia para as conversas após o almoço.

Com Débora tudo foi mais ameno. Como nunca se aprenderam tão bem, deixar de abraçá-la, de banhá-la não foi um trauma para ele. Mas essa volubilidade, essa capacidade de transmutação que a neta tem (e que Júlia tinha, e Laura, e talvez todas as outras fêmeas do planeta), tudo isso mexe com ele. E fica impossível reagir à altura, sempre.

Assim, quando volta para casa no final dessa manhã quente, sujo de terra e ensopado de suor, mas feliz com o trabalho simples que operou na pequena horta onde planta temperos, ervas e verduras, contente com as plantas do viveiro, que logo poderão ser transplantadas para seu destino, ele encontra a neta cantando alto. Alguma coisa em inglês. Não tem a menor ideia do que ela canta. Mas ouve sua voz. "No one ever said it would be this hard, oh, take me back to the start", ela desafina no final.

Leve-me de volta pro começo. Ele também quer voltar ao começo. Mas ao começo do quê? O começo do mundo deveria ter sido uma experiência desagradável para o homem. Todos aqueles animais pré-históricos enormes abanando suas caudas monstruosas pelos vales.

Nem o começo da sua própria vida agora lhe parece tão agradável: estar à mercê de uma família com leis rígidas demais, e um pai ocupado demais com viagens pelas cidadezinhas do interior, vendendo tralhas de um lado a outro. O pai, caixeiro-viajante. Nada disso.

O começo para o qual quer voltar é tão simples. A tarde em que, após ter recebido o telefonema de Laura, foi vê-las, à filha e à neta, no pequeno apartamento da Rua Felicíssimo de Azevedo. Tudo ali tinha um ar de desconsolo, como um país abandonado depois de longa ocupação. E, andando no meio das coisas, cadeiras, sofás e mesas com vasos sem flores, estava Laura. E estava Débora, que seguia a mãe de um lado a outro, com seu rostinho tristemente sério, sem entender exatamente o que estava acontecendo. Naquele dia, exatamente naquele dia, esquivara-se de amar Débora como ela merecia. Todo o resto haviam sido tentativas banais de estar presente sem envolvimentos. Nas horas *certas*, de acordo com sua agenda. Ah, se Júlia estivesse viva, ela faria tudo diferente: encheria as malas com as coisas da filha e da neta e as levaria para casa sem aceitar um não como resposta. Puro protecionismo, um gesto retrógrado de poder materno. E, no entanto, teria sido tão bom para Débora. Por algum tempo teria sido bom até mesmo para Laura.

Mas não. Ele agira de forma civilizada. "Ligue-me sempre que precisar. E não se preocupe, não deixarei que vocês passem necessidades financeiras." A filha aquiescera. Tinha os olhos vermelhos de choro, tinha tomado um Lexotan. Mas ele foi embora uma hora depois, tendo deixado algumas notas sob um castiçal na mesa da sala. Tinha ido embora com o coração partido, uma espécie de fuga. Um homem frágil demais para secar as lágrimas de Laura, para colocar Débora na cama e explicar-lhe as novas regras da vida. Frágil demais para segurar sua mãozinha tenra e quente, trêmula.

Entra na cozinha, e Débora preparou uma massa. Um cheiro bom paira no ar. Sobre a mesa, está a salada de Eulália e uma travessa com frango desfiado. Ele sorri. No fogão, a panela de molho borbulha, um vermelho intenso.

— Fiz a comida — diz ela, alegremente. — Vá lavar as mãos.

Ele finge que aquele sorriso leve amanheceu com ela, e responde que sim, que espere um momento, vai lavar as mãos e o rosto e trocar a camisa. Oh, take me back to the start, ele resmunga no corredor.

Logo estão à mesa. A pequena Débora, cujo rosto bonito vai se arredondando sutilmente, come com um apetite impressionante. Ele pensa no serzinho que dorme dentro do ventre sob a mesa, e depois pensa no rapaz que esteve em seu quarto durante a noite.

Talvez esteja ficando louco: nunca soube de alguém que pudesse se relacionar com os ainda não nascidos. Com os mortos, sim — há pencas por aí, ele mesmo não acredita em nenhum deles. Mas com aqueles que ainda não vieram? Por que, entre todos os bisavós e avós do mundo, ele foi escolhido? Logo ele, que não soube segurar a mão de Débora, daquela Débora de cinco anos, as coxas roliças, levemente disléxica, apavorada porque metade do mecanismo que dava eixo à sua vida havia sumido de repente. Ele pondera: nada disso importa. O fato é que vejo meu neto. Vejo-o diariamente, e sei a aparência que terá aos dezessete anos.

Olha ao seu redor e seus olhos pousam em Débora, que mastiga com calma. Os cantos da sua boca estão sujos de molho: ela parece uma menina grande, com sua grande barriga. Uma menina obediente, que come toda a comida.

— Você já escolheu um nome? — ele pergunta inesperadamente.

Precisa de um nome. Sempre que pensa nele, no bisneto, sempre que o vê — afinal de contas, que nome terá?

Débora bebe um pouco de água. Limpa a boca num guardanapo, como uma boa menina crescida, e diz:

— Não sei se é menino ou menina, vovô.

Ele sorri.

— Você deve ter uma ideia. No meu tempo, não existia ecografia, mas as mulheres tinham um nome pros seus filhos. Um nome de menina, outro de menino. Na hora do parto, metade do caminho estava resolvida.

— Bem, eu tenho um nome. — Seus olhos brilham. — Se for menina, Luciana.

Entra na história, elogia o nome. Os olhinhos de um tom de melaço surgem diante dele, as botinhas de couro, *plac, plac*. É como se o bisneto rondasse por ali, esperando, aprendendo as regras do jogo que vai jogar em breve.

Assim, ele diz:

— E menino? Se for um menino, como se chamará?

Débora parece confusa com a possibilidade. Com súbita sede, bebe um copo de água inteiro. Ele olha para fora e vê que, no céu, uma nuvem escura escondeu o sol.

Então Débora diz:

— Antônio.

Olha para ela, espantado. Mas Débora sustenta seu olhar sem mágoa nem raiva. A única coisa dentro daqueles olhos verdes é alegria, uma serenidade meio jubilosa que lhe causa um estranho desconforto.

— Antônio, esse é o nome do meu filho — ela diz. — Se for um menino, é claro.

Antônio, o nome do pai dela. O pai que a deixou aos cinco anos. Que deixou Laura. O pai que saiu pelo mundo sem olhar para trás, sem pensar duas vezes. E agora esse é o nome que ela escolheu para o filho.

Ele olha para o prato com seus restos de comida. O que dizer? O que ela sabe das coisas que já passaram pelo seu peito todas as vezes que pensou nesse homem? A filha chorando no apartamento vazio, e ele tentando compensar as coisas, pagar as contas, ajudar Laura a se manter em pé. Fazendo tudo isso de maneira higiênica.

Suspira, ergue o rosto e olha a neta com um misto de carinho e tristeza.

— Antônio — repete.

E não diz mais nada. Do fundo do silêncio da madrugada anterior, ele pode ver surgir aquele rosto meigo, os cabelos com seu brilho lunar, a boca de lábios finos. Sente o calor daqueles pequenos dedos na sua mão e estremece. O bisneto se chamará Antônio, e lá fora o céu tornou-se levemente cinzento, com cara de chuva.

Está no telhado revisando o coletor solar, quando vê Juvenal vindo dos lados da sua casa. Pendurada ao ombro, ele traz uma bicicleta azul. Seus pneus negros giram tranquilamente como cata-ventos numa manhã de domingo, enquanto o caseiro sobe a pequena alameda de cascalhos que vai dar na casa.

Ele ajeita as coisas, recolhe as ferramentas e desce pela escada, tomando o cuidado de pisar nos lugares certos, um tombo dali de cima não seria coisa boa. E agora ele sempre pensa em Débora e no bebê. Afinal, quem cuidará dos dois se algo lhe acontecer?

Chega no chão e encosta-se na parede da casa, chupando um filete de capim. Ante seus olhos, a montanha recebe as luzes do entardecer, e uma nesga rosada de sol desce pela encosta pedregosa ao longe, fazendo rebrilhar um pequeno córrego que vai no seu caminho inexorável. Ele bebe dessa visão e pensa na cidade lá embaixo, sufocada pela água e pelo calor. Os hospitais cheios, os supermercados vazios.

Juvenal deposita a bicicleta à sua frente.

— Lembra, seu Marcus? Ela estava jogada na garagem. Eu consertei pro senhor e pra Débora.

Nesse momento, Débora aparece. Vem usando uma camiseta velha e larga, que se distende à altura da barriga. Está descalça, os cabelos soltos.

— Vou tomar banho de rio — ela diz.

Ele sente uma coisa boa no peito. Fez o almoço, vai tomar banho de rio. Aos poucos, Débora parece se entregar ao espaço, à montanha. A ele.

Sorrindo, aponta para a bicicleta:

— Juvenal trouxe isso, Débora. Fez um milagre, essa bicicleta merecia o ferro-velho.

O caseiro sorri, envergonhado pelo elogio do patrão. Depois olha para a moça e diz:

— Mas a senhorita não pode andar, não agora. Só depois de o nenê nascer.

Débora se espanta. Olha a bicicleta de guidom alto, os pneus encerados. Detrás de uma camada de nuvens, o sol surge de repente e ilumina seus cabelos escuros. "Como ela é bonita", ele pensa. Mas não diz nada sobre isso.

— Depois vamos fazer uma cadeirinha pra criança passear com você.

— Está bem, vovô.

Num passo langoroso, ela segue para os lados do córrego. As pernas compridas, um pouco arqueadas para dar melhor sustento ao corpo com sua sobrecarga.

Ele vira-se pro caseiro.

— Obrigado, Juvenal. Amanhã eu mesmo vou dar um passeio por aí. Talvez vá até a vila ver como andam as coisas por lá.

— É um bom passeio, mas é preciso cuidado com as ribanceiras — diz Juvenal.

E, fazendo um gesto com a mão, Juvenal volta pelo caminho que vai dar na sua própria casa, parando aqui e ali para remexer em uma árvore ou planta. Como se conversasse com elas.

Sozinho, ele recolhe a escada que deixou apoiada no teto. Está cansado porque dormiu pouco à noite. Nos galhos eriçados das árvores, os pássaros cantam aproveitando as últimas horas de luz.

Ele ergue os olhos para o céu em busca das nuvens de chuva, e o que vê, no cume do telhado da sua própria casa, é o vulto do menino, do seu menino, balançando as perninhas no ar, sem medo de cair de lá de cima. Talvez seja mais leve que o próprio ar. Ou tenha asas, ele acreditaria em qualquer coisa.

Ergue a mão e acena para a criança misteriosa. Seus dedos dançam no ar diáfano, enquanto uma certeza aquece seu peito como a chama de um fogareiro esquentando uma porção de sopa velha. Seu bisneto, ele pensa. Seu bisneto que vai se chamar Antônio.

Lá na cumeeira, o menino ergue a mãozinha tenra bem no alto e remexe os dedos lentamente, fazendo, como por mágica, dançar as folhas das árvores com essa brisa que da sua mão revoa.

Pura mágica que num instante se dissolve. Ele pega a escada e segue no rumo da garagem.

Achados e perdidos

From: Zélia Fernandes
Subject: um poodle preto de nome Rhoda
Today.
To: Achadoseperdidos.org.com

Amigos, me ajudem. A Rhoda sumiu aqui de casa ontem. A gente estava trancado aqui fazia cinco dias, porque eu tenho água e comida e um porão que preparei caso alguma tragédia realmente grande aconteça. Bem, com as chuvas e a onda de saques na cidade, ficamos aqui esse tempo todo. Ontem, numa hora que amainou, eu saí com a Rhoda pra ela caminhar um pouco. Ela estava muito inquieta: é uma poodlezinha jovem, de um ano e meio, preta, tamanho médio. A Rhoda saiu correndo pra esquina, eu fui atrás dela. Mas depois ouvi uns gritos, era uma gangue dessas que fazem arrastão. Eles tinham arrombado o mercadinho perto da praça onde eu moro no IAPI, em

Porto Alegre. O dono deu uns tiros, era grito pra todos os lados. Bem, fiquei com medo e fugi pra casa. Gritei, gritei pela Rhoda, mas ela sumiu. Ai, meu Deus, se alguém encontrar uma ca-chorrinha com esses atributos — pretinha, miúda, poodle sim-pática que atenda por Rhoda —, por favor, me liguem. 33280811. Pago recompensa. Pouca coisa, porque sou aposentada. Não te-nho mais do que um teto e comida. Mas pago até com comida. Um mês de almoço grátis, se alguém encontrar a Rhoda e me telefonar. Estou em casa todos os dias, esperando. A Rhoda é como uma filha pra mim. Ou até mais. Afinal, tenho uma filha, mas ela mora em Boston. A Rhoda é minha única companhia, e já sou velha. Por favor, divulguem isso. Esse e-mail foi ideia do filho da minha vizinha, que tem internet. Quem tiver notícias da Rhoda pode escrever pra Biboaraujo@sal.com.br. Zélia.

From: Luis Antônio Godoy
Subject: obrigado, obrigado!
Today.
To: Achadoseperdidos.org.com

Pessoal, escrevo esse e-mail do alto da mais pura alegria pra agradecer a longa corrente de apoio que recebi de todos vocês. Perdi meu filho de quatro anos num dia de temporal perto da saída do metrô da Vila Madalena, em São Paulo. Soltaram uma bomba dessas de efeito moral por causa de um arrastão, e o Anderson escapou da minha mão. Gente correndo pra todos os lados, e não consegui encontrar o meu filho. Eu gritava e grita-va. Lá fora caía um temporal, as ruas alagadas, afogamentos em túneis. A polícia não tinha tempo nem pessoal pra ajudar um pai que perdeu o filho com tanta gente morrendo, hospitais cheios e apagão elétrico todos os dias. Fiquei seis dias andando pela cidade, espalhando cartazes que a chuva apagava. Em casa, minha mulher mandava e-mails pra todos os sites, blogs e fotoblogs que ela encontrava. Mandou um pedido de auxílio com uma foto do Anderson pro achadoseperdidos. Vocês divulgaram bastante, recebi mensagens até do Paraná, de Florianópolis e Porto Alegre.

Encontraram o Anderson três dias depois, gripado, magro e sujo, mas vivo! Ele estava na Avenida Paulista numa madrugada de chuva quando uma moça passou por ali no rumo dum desses abrigos de gente que perdeu as casas, onde ela ajudava. Essa moça, a Ana Dora, foi a santa que recebeu a mensagem por intermédio de vocês. Graças a Deus, ela reconheceu o Anderson, levou ele com ela e entrou em contato comigo por telefone uma hora mais tarde. Foi a maior alegria aqui em casa! Quando o Anderson voltou, todo mundo chorava. A irmãzinha dele estava até ficando doente de saudades! Muito obrigado. Muito obrigado! Vocês salvaram a vida de um menino com essa corrente de amizade silenciosa. Vocês salvaram a nossa família. Luis Antônio.

From: Décio Morelli
Subject: Paulo Morelli, Vanderburgh
Today.
To: Achadoseperdidos.org.com

Por favor, espalhem: procuro notícias do meu filho, Paulo Morelli, quarenta anos. Ele é casado com a Patsy, uma americana de trinta e quatro anos. Eles vivem em Vanderburgh, um condado rural dos Estados Unidos, ao sul de Indiana, atingido por um tornado devastador na madrugada de ontem. Telefone do meu filho não atende, e não tenho notícias, a não ser internet dizendo que a cidade tem uma centena de mortos e incontáveis desaparecidos. Ele é médico, formado na UFRGS, turma de 1982. Não sei nada dele nem da sua mulher.

http://img23.imageselli.ue/my.php?image=avomx3.jpg

Qualquer notícia, qualquer sinal. Muito obrigado. Décio.

From: Débora Reismann Dil
Subject: Beto Lima
Today.
To: Achadoseperdidos.org.com

Faz quatro dias que eu escrevo pedindo notícias do Beto. Até agora só recebi um e-mail dizendo que o Beto está em Porto Alegre, que foi visto nas imediações da Lucas de Oliveira seis dias atrás. Por favor, divulguem: preciso encontrar o Beto Lima, 25 anos, aluno de pós-graduação da Biologia da UFRGS. Estou desesperada para falar com ele, é muito, muito importante. Estou na serra gaúcha, numa casa pros lados dos Aparados. Favor mandem e-mail. Obrigada, Débora.

From: Audrey Menezes
Subject: poema de Rainer Maria Rilke
Today.
To: Achadoseperdidos.org.com

Que farás tu, meu Deus, se eu perecer?

Eu sou teu vaso — e se me quebro?
Eu sou tua água – e se apodreço?

Sou tua roupa e teu trabalho
Comigo perdes tu o teu sentido
Depois de mim não terás um lugar
Onde as palavras ardentes te saúdem.
Dos teus pés cansados cairão
As sandálias que sou.
Perderás tua ampla túnica
Teu olhar que em minhas pálpebras
Como num travesseiro
Ardentemente recebo
Virá me procurar por largo tempo
E se deitará, na hora do crepúsculo
No duro chão de pedra.

Que farás tu, meu Deus? O medo me domina.

5.

A noite escura e sem estrelas, tão quieta, parece esperar apenas a chegada da chuva.

Depois do jantar, ele entra num site de notícias e lê as coisas que já espera sobre o estado de caos nos hospitais de Porto Alegre, com mais de duzentos casos de leptospirose registrados nas últimas vinte e quatro horas. Doze mortes, diz o site. Mas as coisas não ficam por aí. Em São Paulo, quatro supermercados são saqueados por uma multidão faminta. Vê fotografias de gente carregando comida, andando por ruas atulhadas de carros abandonados. No alto da foto, o céu escuro de chuva deixa a imagem mais lúgubre ainda.

Ele desliga o computador. Débora está ouvindo música no seu iPod, tem os olhos cerrados e as pernas pra cima de uma poltrona, o corpo espichado no sofá, um livro de Philip Roth sobre o colo. Ele abaixa o corpo e espia a lombada. *A marca humana.*

Como não há o que conversar, ele deixa que a neta durma um pouco no aconchego da sala semi-iluminada. Vai para o quarto e faz uma lista de materiais que precisa encomendar na vila, principalmente adubos, pregos e alguns metros de tela de metal. Pela janela aberta, o cheiro da noite entra em ondas. Um cheiro de flores. Jasmins plantados por Eulália. E mais, um levíssimo odor amargo, de musgo, que flutua no ar parado e vem roçar-lhe as narinas. Ele relaxa na cadeira, escorregando o corpo e deixando pesar a cabeça no espaldar de couro, e assim fica por algum tempo, separando, catalogando cheiros, sutis odores que vêm e vão no silêncio manso da noite. No alto da montanha tudo parece atenuado e lento, quase mítico. Como esse perfume.

Fica assim muito tempo, nem sabe dizer quanto. Os braços, doloridos por causa do trabalho com a enxada, acomodam-se sobre o descanso de madeira, quietos como dois bebês. E então ele dorme, dorme muito levemente. Melhor seria dizer que escapa de si, que flutua por um instante que se desdobra em outro e mais outro, flutua junto com o cheiro do jasmim, com o acre olor do musgo que nasce nas pedras à margem da nascente.

É despertado por um grito.

Abre os olhos, assustado. Vem da janela o mesmo silêncio de outrora. O grito cortou o ar como uma faca, mas agora não há nada além da quietude. Terá sido um sonho?

Ele ergue o corpo, subitamente alerta. E então, muito baixo, ouve um queixume, um choro lento. Não acredita em fantasmas, nem em seres de outro mundo. Olha para os lados: no quarto, está apenas ele, o resto são objetos inanimados, cama, mesa, armário, livros. Nem sinal do menino, nem o suave martelar das suas botinhas de couro.

Mas o choro aumenta, e ele compreende que é Débora quem chora. Passa a mão no rosto, tirando os resquícios de sono dos olhos, e vai ter com a neta.

Na sala não há ninguém. Ele volta até o corredor, sobe os degraus da pequena escada, bate na porta do quarto de Débora uma, duas vezes.

Ninguém responde. Lá de dentro, vem um suave ronronar de soluços entrecortados. Ele ouve-a fungar alto, gemer. Por um momento, com a mão pousada no trinco, pensa no bebê. Terá acontecido algo com a criança? Mas esse pensamento logo se desmantela, ele percebe o egoísmo que há nisso. E Débora? Definitivamente alguma coisa não vai bem com ela.

Sem pedir licença, abre a porta. Débora está deitada de lado na cama, os cabelos espalhados pelo colchão emolduram seu rosto molhado de choro.

Ao vê-lo, ela vira-se para a parede e diz:

— Sai daqui, Marcus.

A voz dela é baixa, perigosamente tensa. Ele respira fundo. As janelas do quarto estão fechadas e faz calor ali.

— O que houve, Débora?

— O que houve? — Ela dá de ombros. — Você pergunta coisas que não quer saber.

Ele se encosta na parede, deixando escorregar o corpo até ficar apoiado nos joelhos. Por mais que procure, não pode encontrar o caminho até essa menina. Bastariam cinco, seis passos. Ele lhe tocaria os cabelos, o ombro, o rosto macio. Mas não chegaria nela.

Ainda pode vê-la, tantos anos atrás, sentadinha na sua cama, os cabelos presos num rabo-de-cavalo, os olhinhos verdes, tristes, perdidos, e ele entregando-lhe um pijaminha listrado. "Você consegue vestir isso sozinha?" Ela concorda, séria como um adulto em miniatura. No quarto ao lado, Laura chorava e dava para ouvir. Não, não era uma coisa boa, aquilo de ter cinco anos e precisar dormir embalada pelo choro da mãe. Mas ele ali: "Acerte os botões nas casas, meu bem." Como se o choro de Laura fosse chuva, apenas porque não sabia o que dizer. Se ele estava perdido, imagina ela?

Ergue-se e sai do seu lugar, puxa a cadeira perto da escrivaninha de madeira e senta-se a um metro da cama de Débora. Torce e retorce as mãos. Mas Débora não se mexe. Chora, e o peito sobe e desce ritmadamente.

— Eu quero ajudar — ele diz.

Ela responde com seu silêncio dolorido. Assim, inquieto, ele ergue-se e abre a janela que dá para a pequena varanda. O ar fresco da noite penetra no quarto como uma bênção, e ele respira melhor.

Vira-se e pergunta:

— Foi alguma coisa com o bebê?

Essa é a senha para que Débora dê um pulo na cama. Com uma agilidade impressionante, ela se senta, o ventre acomodado no vão das pernas longas e brancas. Os olhos, riscados por minúsculas veias, estão fixos nele. Ela está pálida, muito pálida. Mas sua voz é cheia de um vigor impressionante:

— Oh, o bebê! Você quer saber do bebê? Ele vai bem, Marcus. Pesando aqui dentro — ela apoia com força o indicador na barriga. — Ocupando cada vez mais lugar dentro de mim. Como um idiota dum inquilino qualquer.

— Débora...

— O que você quer? Sabe o que é estar grávida aos dezessete anos? É uma doença, Marcus. Uma doença! Eu não queria esse filho. Eu fiz tudo certo, eu li os manuais. Vai ver que a camisinha estourou, vai ver que o cara não colocou direito aquele negócio... Como eu ia saber, Marcus?

Ele balança a cabeça. Não quer ver a neta deitada numa cama com um outro por cima dela. A menininha com o pijama de listras parece dançar na frente do seu rosto, séria, os olhos fixos. Os olhos secos.

Mas Débora chora desconsoladamente.

Ele insiste:

— Você ainda não me disse o que aconteceu.

— Quer mesmo saber? O André saiu da cidade.

— Saiu?

Agora ela começa a chorar de maneira cansada, lenta. As lágrimas rolam, gordas, pelo seu rosto. Então diz:

— Eu telefonei pra ele. Estava com saudades, estamos aqui há uma semana...

— Tudo bem, Débora. Vai ver ele foi viajar com a família. O clima não anda bom em Porto Alegre.

Ela sacode a cabeça:

— Não, eles foram embora. Um homem atendeu, um primo, sei lá. Disse que todos tinham ido pra uma fazenda. No interior do Paraná ou coisa parecida... O homem disse que eles não voltam mais, que tinha ficado com a casa pra ele.

Senta-se ao lado dela na cama.

— Voltam, sim. E, de qualquer modo, ninguém some nos dias de hoje, Débora. Eu ajudo você a encontrá-lo. Além do mais, esta história está mal contada.

Ela fica olhando-o sem dizer nada. Parece na dúvida, como alguém parado no meio de uma encruzilhada sem ter coragem de seguir adiante com medo de ser atropelado.

Ele pega sua mão, que é morna, boa.

— Vamos — diz baixinho. — Amanhã a gente dá um jeito nisso. Me diz o nome dele completo, o nome dos pais dele. É André de quê?

E então ela abaixa o rosto e retira a mão de dentro da sua. Faz isso como se tivesse tomado um choque elétrico.

— Deixa pra lá, Marcus.

Agora está completamente confuso, pra não dizer ofendido. É tarde, sente sono, mas tem certeza de que a conversa ia por um caminho, a conversa corria como um rio.

— Não estou entendendo...

— Eu só não quero mais falar nisso, OK? Quero ficar quieta aqui.

Ele ergue-se da cama, tenso. Tem a sensação de que Débora vem fazendo-o de bobo, mas não sabe explicar como. Caminha até a porta, enquanto ela se deita, encolhida tal uma criança, a barriga parecendo uma excrescência, uma coisa estranha. Antes de sair, controlando a voz e aquela raiva, aquela angústia de errar sem saber como, ele diz:

— Amanhã você vai me dar o sobrenome do André e os nomes dos pais dele. Se ele é pai do meu bisneto, eu tenho o direito de encontrá-lo. — Suspira fundo, olhando para ela, desolado. — Afinal de contas, ele também tem responsabilidades para com você.

Em resposta, Débora pega um dos travesseiros da cama e joga-o com fúria contra ele. O travesseiro erra o alvo e acerta um abajur. O barulho do vidro estilhaçado atravessa o silêncio entre os dois. Depois de um instante, ela grita:

— Saia daqui!

Ele sai. Abandona o quarto como um lutador que desiste no segundo round. Inevitável pensar em Júlia, almejar a ajuda de Júlia, os gestos de Júlia, o seu modo desarmado de lidar com os outros. Responsabilidades? Faz uma careta enquanto avança pelo corredor até o seu quarto. Estão vivendo a completa supressão das responsabilidades, e ele vem com esse papo doido, esses conceitos obsoletos.

Atira-se na cama de roupa e meias, sentindo os braços pesados e a mente nublada de cansaço.

Os dias passam lentamente. Dias iguais, úmidos e pesados. Dias de um céu leitoso, onde o sol sai por pouco tempo, um sol ardente, virulento, ansioso. Porém as horas de sol logo são sublimadas pelas nuvens. Como um manto, as nuvens espalham-se numa rapidez vertiginosa. Depois vão escurecendo, como que se inflam, pesadas de chuva.

A água bate nas janelas às vezes por tardes inteiras. Parece que a própria montanha está se derretendo, lânguida e silenciosamente como um espectro que se apaga. Na sala, lendo um dos seus romances, ele não esconde a tensão. Débora é um bicho acuado dentro de casa. Ela pula do sofá para a cadeira, do quarto para a sala, e daí para a cozinha. Arrasta os pés enfiados em largas meias de algodão, cantarolando músicas em inglês, engolindo estrofes entre copos de suco de laranja e resmungos. Débora está odiando cada minuto. Não adianta nada dizer-lhe que essa chuva também está caindo em Porto Alegre. Que as ruas estão alagadas, as escolas têm as aulas suspensas, os aviões decolam em horários inesperados, entre um e outro apagão elétrico. Não adianta vasculhar os sites meteorológicos: a chuva deve seguir por mais alguns dias.

Depois, ele sabe, virá o calor. Longos dias de um sol lancinante. Mas qualquer coisa é melhor do que isso, essas intermináveis horas aquosas, esses silêncios magoados da neta, como se ele fosse rei e senhor do planeta, e essa chuva não passasse de um capricho seu.

Depois da briga que tiveram naquela madrugada, Débora tornou-se arisca. Ele tenta falar sobre André, pede-lhe seu endereço e telefone, mas ela não responde. Ou grita que a deixe em paz. É uma prisioneira nessa casa. Ele vai levando como pode; nunca pensou que seria fácil, mas é verdade que as coisas estão sendo terrivelmente complicadas. Ele sente saudades de Júlia, tantos anos e ainda não se acostumou à sua ausência, ao seu jeito para lidar com os outros. Tantos anos e ainda não se acostumou com a sua própria falta de jeito.

Assim eles seguem. Eulália vem e vai, prepara as refeições e cuida de Débora quando ele vai trabalhar no pomar ou na garagem, porque mesmo debaixo de chuva ele sai, ele enfia as galochas e a capa e vai podar suas plantas, adubar e cavar a terra. É nessas tarefas que se alivia, nesse contato simples, irracional. Volta para casa cansado, ao entardecer. Molhado até os ossos, tira a roupa e deixa-a num balde à porta da cozinha. Atravessa a sala vazia, pois Débora geralmente fica em seu quarto, e mergulha num longo banho quente.

Jantam juntos. Pequenas conversações regadas a longos silêncios magoados. Ele até pediria desculpas, se soubesse qual erro cometeu. Mas não pede, e Débora não baixa a guarda. Teimosa como a mãe, ele pensa com uma pontinha de dor. E então sente um súbito carinho por essa menina bonita e irritadiça, tão incompreensível para ele.

Ela olha-o com seus olhos lúcidos e brilhantes, e ele pode ver a reprimenda silenciosa que navega nessas retinas. Sente vergonha como se a neta pudesse ler seus pensamentos. Porque são seres tão distintos que só quando reconhece nela uma característica de Júlia ou de Laura é que consegue sentir-se próximo. Mesmo que essa característica seja um defeito.

Ele baixa os olhos para o prato de sopa.

— A previsão meteorológica para amanhã é sol — diz, tentando disfarçar sua própria angústia.

Débora sorri.

— Ora, Marcus, seu computador deve estar com algum vírus. Eu tenho certeza de que nunca mais vai parar de chover aqui em cima.

Ele dá de ombros, pois não quer comprar essa briguinha. Está muito cansado do trabalho na terra, muito cansado disso tudo. E sua cabeça dói, talvez esteja pegando uma gripe.

Dorme várias horas. Um sono pesado, negro, um nada. Desperta no meio da noite e tem a sensação de ter ouvido ruídos na sala, mas há tal quietude no ar, a noite fresca e úmida parece tão pura, tão rara em seu silêncio prateado, que ele tem a nítida sensação de que sonhou.

Fica deitado na cama de olhos abertos, apenas ouvindo o vazio dos minutos escorrendo para o dia. Os ponteiros do relógio brilham no escuro, 4:50. Lá fora, não há vento, nem um sopro de brisa. As árvores imóveis também parecem dormir seu sono verde. Ele lembra da história que costumava ler para Laura, *A bela adormecida*. Por causa da maldição da Fada Má, a princesa deve dormir cem anos, e para que o tempo não seja cruel com ela, a Fada Boa faz toda a corte dormir também, mergulhando o país inteiro num longo sono mágico.

Ele senta na cama e olha através da janela aberta.

Lá fora, o absoluto silêncio também parece obra de algum feitiço. Sob a luz mortiça, de uma cor leitosa de argenta, as folhas das árvores flutuam. A umidade cobre tudo com sua língua, espalhando-se na noite. Até onde ele pode enxergar, além da única lâmpada que brilha perto do umbral da porta, não há luz feita pelo homem.

Deixa-se ficar por longos minutos. O relógio agora marca 5:04. E então, quebrando a mágica imobilidade da madrugada, ele ouve um ruído de pedregulhos, de pedras trituradas, de passos. Subitamente, como se o ruído fosse uma senha, lá fora começa a chover.

Ele ergue-se e vai até a janela. A chuva cai sem alarido, grossa e compacta como um manto, batendo nas folhas das árvores, despertando cada galho e cada planta do seu torpor. A chuva cai verticalmente, apressadamente. E não venta.

Como ele dormiu vestido, apenas calça as botas. Sai do quarto sem fazer ruído e sem esquecer a lanterna que deixa pendurada num prego atrás da porta.

Aparentemente, não há nada que esteja fora do lugar. Ele vai até a sala e examina tudo. O facho de luz amarela paira sobre livros, móveis e aparelhos eletrônicos. A imobilidade das coisas dá a elas um ar de sonho, ele sente-se um arqueólogo mergulhando num mundo que já não existe mais.

Da sala, ele segue para o quarto de Débora.

A segunda vez na mesma noite, a porta do quarto parece rir dele, das suas manias. Pensa em voltar, em deixar a neta em paz depois da discussão de horas atrás. Mas sua mão age de forma quase involuntária. Com um *clic* discreto, ele força o trinco para baixo e a porta abre sem ruído.

Das janelas na parede oposta, vem o barulho alvoroçado da chuva. Ele olha para a cama de Débora, a larga cama de Débora com seus lençóis alvos, e descobre que está vazia.

Ele aciona o interruptor de luz.

O quarto está em perfeita ordem. Abre os armários e percebe que ela não levou nada. Nem mesmo a mochila, nem a capa de chuva, que está pendurada no cabide. Dá uma olhada rápida nas gavetas e sente falta apenas da carteira e do celular.

— Menina idiota — diz, furioso.

Um trovão explode. O mundo se ilumina por um longo instante e depois é negror outra vez. A chuva se derrama do céu. Ele apoia a cabeça no caixilho, sentindo os respingos do temporal molharem seu rosto.

Em algum lugar lá fora, entre os despenhadeiros e a estrada, Débora avança para lugar nenhum.

Volta ao quarto a fim de pegar as chaves do carro, mas elas não estão na primeira gaveta da cômoda, onde geralmente as deixa. Acende a luz do abajur e a mesa se banha no brilho oleoso da lâmpada. Seu coração bate forte, como se ele mesmo houvesse sido pego de surpresa pelo facho de luz.

Lá fora ainda não começou o lento alvorecer. Tudo paira numa luminosidade indecisa, cinzenta e molhada. Ele pensa na neta avançando pelo barro, grávida. Pelo amor de Deus! Ela pode cair num buraco, quebrar uma perna, rolar pelo despenhadeiro, ser picada por uma cobra, ser estuprada.

Sacode a cabeça, angustiado. Mas a lista de perigos não para de aumentar. Pneumonia, febre, sequestro, trabalho de parto precoce. Ela pode cair e bater a cabeça, essa menina acostumada a passear por corredores de shopping centers.

Ele está tremendo. Senta-se na cama pesadamente, pousando os olhos nas galochas manchadas de barro. Está velho demais para isso. Levar alguém pela mão nesta estrada sinuosa quando ele mesmo deveria estar esperando, vivendo seus últimos anos de completa autonomia. Sempre quis ficar quieto no seu canto, essa é a verdade. Mas, quando Débora apareceu grávida, tentou empurrar-lhe à força o seu sonho. Na sua mente, agora há apenas um vazio.

Ele levanta o rosto e, de repente, vê que não está sozinho. Sorri como um bobo, pensando que talvez tudo isso já seja o fim do caminho. Do seu caminho.

A um metro de si, sentado sobre a cômoda, o menino balança as perninhas, fazendo ecoar o barulhinho das botas contra as gavetas da cômoda, *poct, poct, poct.*

Não sabe o que dizer, e não diz nada. Como pode o menino estar ali, sorrindo placidamente, se lá fora, na chuva, Débora está em perigo?

Mas os olhos dele não falam de violência ou de despenhadeiros. Há tanto brilho neles, tanta vida! Como o brilho que ele mesmo teve um dia, anos atrás, antes que tudo isso começasse, antes mesmo de o futuro ser a semente que ele depositou no ventre de Júlia.

Fica olhando o menino que sorri e depois estende as mãos na sua direção, lentamente. As suas mãos são brancas, quase lácteas, como duas flores marinhas no fundo do oceano. E da palma de uma delas, do refúgio dos dedinhos que se abrem como os tentáculos de uma anêmona, ele vê o cintilar metálico do chaveiro, um logotipo barato de um lugar que já não frequenta mais.

As suas chaves apareceram.

Com três passos está na frente do menino. Tem vontade de chamá-lo "meu bisneto", mas a voz lhe falta, a voz cala. Agora estão os dois, tudo lá fora palpita e espera solenemente. Até a chuva parou em pleno ar.

Nada se mexe, apenas ele, que estica os braços até esse menino. Esse menino que o visita em sonhos, sobe em telhados, balança-se nas janelas da sua vida.

Tocam-se. Do calor dessa carne macia ele não se lembra. Nunca houve um aconchego tão profundo. Nem dentro de Júlia, nem na primeira vez ainda, nada se compara ao doce toque das suas mãos.

Ele sorri. Quer beijá-lo, dar-lhe barcos, balões, galeras com as quais vencer os oceanos e os perigos das tempestades que virão. Quer levá-lo para ver o mundo que ainda resiste; quer, ao mesmo tempo, pedir desculpas pelo que já não há. Pois o que fez de errado esse menino para encontrar a casa tão vazia? Os rios mortos, o mar furioso, as florestas agonizantes — esses dejetos serão dele. Triste herança.

O menino parece compreendê-lo perfeitamente. Sacode a cabeça, desculpando-o, e fecha os olhos de longos cílios. Depois escorrega para os seus braços.

A chave do carro cai no chão com um único ruído.

Ele tem o menino nos seus braços, o primeiro longo contato entre eles é esse abraço macio e lento. Ele acarinha os cabelos do menino, toca sua cabeça com os lábios.

Mas então se espanta: ante seus olhos, como uma música tocada às avessas, o menino vai se transfigurando.

Seus cabelos perdem o viço e ganham os primeiros fios brancos. O menino ergue o rosto, e assim ele vê os anos passando, entranhando-se na carne tenra dessa criança misteriosa. Seu rosto se alonga, seus lábios crescem como uma flor. Uma penugem surge-lhe no queixo, os cabelos se espessam lentamente.

O menino ficou mais pesado, mais longilíneo. Surge um laivo de sombra na sua retina, e outro e outro, como uma noite. Os olhos dele endurecem tristemente, não com mágoa, mas com uma espécie de cansaço que ele mesmo já viu no espelho do seu quarto.

Nascem-lhe os primeiros fios de cabelo branco, as orelhas pesam, foi-se embora o perfume fresco e agora um bafio escapa dos seus poros. As mãos, que eram antes duas pequeninas joias, têm marcas, veias azuis, unhas velhas e amareladas.

Ele dá um passo para trás, horrorizado. O menino-velho ensaia um sorriso, mas falta-lhe um dente. Já é em tudo um homem cansado, vencido pela vida — até a barba ficou branca, falhada e suja.

Lá fora volta a chover, e o vento que nasceu balança as copas das árvores onde as primeiras luzes do dia fazem luzir a folhagem encharcada.

Ele olha e vê que o quarto se tornou uma pocilga. A cama velha, teias de aranha nas paredes descascadas, os restos do que um dia foi uma cadeira. Sobre a cama, a colcha é um amontoado de farrapos coloridos.

O menino-velho sorri seu último sorriso, e então desaparece em seguida. Como num sopro, como se engolido por si mesmo.

Sozinho outra vez, ele junta as chaves do carro e sai correndo para o quintal.

6.

Marcus gira a chave na ignição, e o motor do carro resmunga alto, como um urso acordado no meio da hibernação. Ainda está meio trêmulo por causa de tudo, do que viu há pouco, da fuga de Débora, então aperta as mãos na direção até que as juntas dos dedos fiquem brancas.

Ele dá a ré, atravessa o portal da garagem e sai para a luz fraca do amanhecer. Ainda chove bastante. Enquanto manobra o carro pelo caminho que leva ao portão eletrônico, ouve os latidos do cachorro de Juvenal cortarem o silêncio. Vai pensando um modo de agir, um plano. Onde encontrará Débora? Deve seguir pela estrada sempre em frente, parando em quaisquer ajuntamentos humanos, lojinhas, postos de combustível que porventura encontrar abertos? Vai descer a montanha devagarzinho, olhando para o mato, para os pinheiros e araucárias, buscando a neta fugida?

Olha o relógio de pulso, são seis da manhã. Débora não pode estar longe, ainda mais com esta chuva. Guia o carro até poucos metros do portão, e, quando desce para digitar a senha que libera a cancela automática, vê um vulto correndo na sua direção. É Juvenal, os ganidos do cachorro devem tê-lo alertado.

Estão os dois sob a chuva, molhados e sérios.

— O que houve, seu Marcus? — A voz de Juvenal é angustiada.

Terá sido apenas o cachorro ganindo, ou ele viu algo diferente, ruídos, movimento? Será que Débora não fugiu sozinha? A ideia passa pela sua cabeça como uma nuvem.

— Débora sumiu. Faz uma hora.

— Sumiu? O senhor tem ideia de onde ela poderia ter ido?

— Quer encontrar o namorado, Juvenal. O pai do filho dela. Juvenal baixa os olhos.

— Ah, então ela quer ir pra cidade.

— Acho que sim. Eu ia descer a estrada atrás dela.

O homem pondera por alguns instantes sem se importar com a chuva que escorre pela sua testa, pelos olhos.

— Pegar o carro e sair atrás dela é o que a Débora acha que o senhor faria.

Sim, Débora deve estar contando com isso. Não espera que o avô fique sentado em casa, lendo um romance, enquanto ela chapinha serra abaixo no sétimo mês de gestação.

Juvenal acrescenta:

— Vamos sair pela estrada, os dois. A pé. Vou mandar a Eulália passar um rádio pra polícia. Quem sabe eles ajudam.

Digita a senha. Quando o portão se abre, o ruído da campainha parece o zumbido de um inseto.

Cinco minutos mais tarde, Juvenal e ele estão chafurdando na lama à beira do caminho. Suas botas de borracha rangem enquanto ele avança, ora pela pista de concreto, ora revistando as folhagens que contornam a rodovia. O nome de Débora ecoa aqui e ali, dá a volta nos sólidos troncos das árvores e volta, vazio, até os seus lábios outra vez.

A chuva tornou a estiar. A manhã vem chegando, e uma luz cinzenta desce do céu.

Depois de uma hora caminhando juntos, os dois decidem se separar. Ele seguirá pela estrada, enquanto Juvenal vai pela mata, que conhece melhor. Combinam um assobio para o caso de precisarem um do outro, ou de encontrarem a menina.

— Nesses tempos qualquer lugar é perigoso — diz Juvenal.

E cada um toma o seu rumo. Ele repete o nome da neta como uma cantilena. Esse nome hebraico, Débora, Deborah. *A abelha*. Muda o tom, alonga as vogais, brinca com as três sílabas, *Dé-bo-ra*.

Mas nada. Sua voz se cansa de tanto chamar em vão e, depois de meia hora, segue em silêncio, olhando a estrada e os matagais em derredor. Às vezes ouve o barulho da água correndo, os pios dos pássaros, o roncar distante de um motor, e só. Apenas dois carros cruzaram por ele desde que saiu da propriedade.

De repente, vê dois andarilhos na estrada, um homem alto que traz um menino pela mão. Sente um sopro frio gelando suas vísceras, como se a morte passasse por perto. Será uma alucinação ou encontrou o homem da estrada, aquele a quem não ofereceu ajuda na noite em que subia a serra com Débora?

Ele dá mais dois passos, olha o perfil, o nariz aquilino, a barba comprida, os cabelos ensebados do homem. Estranhamente, o menino parece tão limpo como se a sua limpeza viesse de dentro, mas de longe ele pode sentir que o homem exala um cheiro de ranço, quase de podridão.

Aproxima-se com cautela. O andarilho olha-o, mas parece não reconhecê-lo. Num tempo em que a solidariedade virou artigo de luxo, seria difícil reconhecer o rosto de cada estranho que diz não a um pobre mendigo como ele. Sente um alívio ao ver que o menino parece bem, que venceu a subida, a longa subida que lhes consumiu uma semana inteira. Mas nem agora vai ofertar-lhes ajuda. Precisa urgentemente encontrar Débora. Como disse a Eulália, ele não é um instrumento de Deus.

O mendigo olha-o com um ar autoritário. Ele sorri tristemente. Agora é ele quem precisa de um auxílio; aproxima-se e pergunta: teriam os dois visto uma grávida passar por ali? Alta, morena, de olhos verdes. O homem balança a cabeça. "Não, não vi não senhor." O menino nada diz. Ele chamou-o de senhor. Agradece com um aceno e sai caminhando rapidamente, escorregando na lama do caminho. Nenhuma arma, nenhuma violência. Lembra da noite de chuva, do negror da estrada, mas mesmo assim não olha para trás. Apressa o passo e segue seu caminho.

A chuva intermitente dá lugar a um sol escaldante, e ele acompanha o vapor levantando-se da estrada como algum efeito especial desses que só viu no cinema. Sua cabeça dói, está tonto. Dormiu mal e não comeu nada. Olha o relógio, são dez horas da manhã. Exausto, para na beira do caminho e assobia para Juvenal.

Dez minutos mais tarde, o caseiro surge do meio das macegas. Vem coçando com fúria a testa, e conta que foi atacado por uma nuvem de mosquitos. Seus olhos estão inchados, tem marcas de picadas no rosto e no pescoço.

— Meu sangue é ruim — diz Juvenal. — Eles foram embora logo.

Sentam-se à beira do caminho.

Ele diz, estou velho. Juvenal mantém sua reserva, o que talvez seja apenas aquiescência. A estrada serpenteia através da montanha, desaparece em meio ao verde e torna a aparecer mais adiante. Poças de água rebrilham ao sol. Há um silêncio quase eloquente na paisagem, como se ambos estivessem dentro de um quadro.

Depois de um longo momento, ele tem coragem de dizer:

— Acho melhor voltarmos, Juvenal. Vou pegar o carro e ir até a vila.

— E se ela não estiver lá?

— Vou a Porto Alegre.

Juvenal tira palha e fumo do bolso e começa a preparar um cigarro Seus dedos longos, secos, trabalham com exatidão.

— Eu, se fosse o senhor, fazia um boletim na polícia. Se a Débora não estiver na vila, pode estar em qualquer lugar.

— É, talvez eu faça isso.

Juvenal acende o cigarro e pita-o. Uma nuvem cor de chumbo cobre o sol, e a chuva recomeça, fina e fria. Os dois se erguem e voltam pelo caminho de onde vieram, agora mais lentamente. O cigarro apaga e Juvenal atira-o no chão, pisando com força a bagana. Eles seguem, a subida é íngreme e escorregadia, e o barro dificulta a caminhada.

Chegam na propriedade depois do meio-dia. Chove torrencialmente agora, e todo o seu corpo parece reclamar das cinco horas de exaustão: doem-lhe as pernas, a bacia, a cabeça. Os ossos parecem chacoalhar, frouxos nas suas carnes.

Ao seu lado, Juvenal avança em silêncio. Dele só vem o ruído das unhas rascando a pele, é um coçar inquieto, nervoso. Juvenal também está preocupado com a menina. Muito preocupado, ele deduz, ao ver a expressão séria do caseiro. Seu coração bate forte quando digita os números da senha e o portão se abre mecanicamente, sem ódio nem alegria.

Mal avançam uns dois metros e Eulália surge, correndo na direção deles. Param. Ele sente uma tensão que embola suas vísceras, é como se tivesse um nó dentro do estômago. Ao seu lado, Juvenal resmunga:

— E agora, que terá sido?

Eulália chega rapidamente. A chuva molha seus cabelos escuros, seu avental azul, mas ela nem se importa.

— Graças ao bom Deus, a menina está aqui.

Ele sente as pernas moles e precisa se apoiar numa árvore.

— Aqui? Como? Quem a trouxe?

Ao seu lado, em silêncio, o bom Juvenal faz o sinal-da-cruz.

— A polícia chegou faz meia hora, seu Marcus. Ela estava na vila, queria pegar um ônibus pra Porto Alegre. Bem, não tem ônibus lá, vocês sabem. Parece que ela ofereceu dinheiro pro homem do correio levá-la pra cidade, mas ninguém tinha gasolina. O correio não funciona faz uma semana. Débora começou a chorar, o homem do correio desconfiou daquilo, uma adolescente grávida em prantos, e chamou a polícia.

Ergue os olhos e vê a casa azul sob a chuva. Na cumeeira, encontra o vulto do menino, como um anjo vigiando as tolices dos mortais. Ele não se surpreende. É como se soubesse que o menino estaria lá, jovem outra vez. É como se soubesse que esse menino está em todos os lugares, mesmo que seus olhos não o vejam. Pode adivinhar que está balançando as perninhas, e que canta alguma velha canção. *Se eu fosse um peixinho e soubesse nadar...* A voz do menino ecoa nos seus ouvidos como um segredo.

Eulália parou de falar e olha-o, confusa. Ele sorri, está fazendo papel de tolo. O menino roubou-o da realidade. Ele pigarreia, quer saber:

— Como a Débora está?

A resposta dela é um balde de água fria nas suas esperanças:

— Pegou muita chuva. Está com febre e teve um sangramento.

Embora tenha medo de chegar, eles começam a caminhar na direção da casa. De repente, o menino já não está mais no alto do telhado. Agora só uma nuvem escura parece observar a cena, como um barco encalhado, surpreendido pela maré baixa bem no alto da cumeeira.

— E o bebê? — pergunta finalmente.

— Parece estar bem — responde Eulália. — Mas não sei, não dá pra ter certeza só apalpando, seu Marcus. Talvez nasça antes do tempo. Mas era bom fazer um exame mais profundo.

Juvenal vai ficando para trás, movido pelos princípios masculinos que o ensinaram a não se intrometer com os períodos, sangramentos e mistérios do corpo das mulheres. Assim, ele entra na casa acompanhado somente de Eulália.

Na sala, tira a camisa ensopada.

— Vou servir um chá de erva-cidreira. Vocês pegaram muita chuva na cabeça.

Ele nem ouve.

— Onde ela está?

Eulália desvia os olhos.

— No quarto, dormindo.

Ele agradece, sem jeito. O que seria dele sem ela e Juvenal? Eulália dá de ombros, para ela é completamente lógico estar ali, ajudando-o em tudo o que precisar. Algo do tipo "ame o próximo como a si mesmo". Ele lembra do menino na estrada e sente vergonha, como se Eulália pudesse ver o que se passa além dos muros.

Sobe a escada para o quarto de Débora. Do andar de baixo, vem a voz macia da outra:

— Seria melhor conseguir um médico pra ver a menina, seu Marcus.

As palavras soam tristes, e entram nele feito agulhas.

No quarto, as cortinas estão cerradas. Ele pisca os olhos uma, duas vezes, até se acostumar com a semiescuridão. Débora está deitada do mesmo modo que estava ontem, só que agora não chora.

Antes de vê-la, ele ouve seus gemidos. Ela dorme um sono entrecortado de pequenos suspiros lastimosos. Ele aproxima-se devagarzinho, pensando em Laura. Não está sendo um bom avô, definitivamente. De algum modo, sente culpa pela gravidez da neta. Tem culpa dessa febre, dessa fuga, dessa tristeza. *Ah, Laura, me perdoa*, ele geme a meia voz. E senta-se à beira da cama.

Dormindo, Débora parece exatamente a criança que é. Seu rosto pálido não tem marcas, a pele é lisa, viçosa e perfeita. A boca, entreaberta, é bonita. A mesma boca de Laura. Mas seus lábios têm um quê de tristeza, e ele se dá conta de que Débora sorri muito pouco, sempre foi uma menina tão séria... *Ah, querida*. Ele pega a mão dela entre as suas, essa mão dócil, vencida pelo cansaço das últimas horas.

Ele deixa os olhos escorregarem até o ventre. Mesmo sem ter grande experiência com essas coisas, pode perceber que a barriga está contraída, rígida. Pensa no bebê ali dentro. *Essa é a semente do menino, pobre menino.* No alto do telhado, ele espera o veredicto, a decisão divina: vai nascer, ou sua vida será abortada antes mesmo do primeiro instante?

Sente as lágrimas correrem pelo rosto, mas já não se importa com isso. É melhor deixar a neta dormir. Passa as mãos pelos cabelos dela, esses fios grossos, escuros, e percebe o calor úmido da sua pele. O calor da febre.

— Ai, Débora, o que você foi fazer? — diz, baixinho.

Então se ergue e sai, pois é preciso tomar providências.

O número de Waldomiro Stobel chama muitas vezes até que a ligação cai. Ele controla sua ansiedade. Digita novamente os dez algarismos e espera. *Puh, puh, puh.* Oito vezes *puh*, até que a voz de Waldomiro rebenta nos seus ouvidos: *alô, alô!*

Ele diz: "Oi, Waldomiro, é o Marcus." "Marcus Reismann?", pergunta a voz. "Seu grande filho-da-puta, deve estar rindo de nós aqui embaixo." Não, ele não está rindo. Quem dera tivesse motivos pra rir. "As coisas aqui em cima estão meio caóticas", responde. E o revide: "Meio caóticas? Levante as mãos pro céu e agradeça. Aqui a coisa está dantesca, sim, dantesca é a definição apropriada."

Faz quase um dia que não ouve os noticiários, e fica impressionado com os acontecimentos. Porto Alegre está sob um metro de água nas partes altas; à beira do Guaíba, quase três metros. A água levou embora o maldito muro, do pior jeito possível. Quem pôde saiu de casa, e os roubos acontecem a todo minuto. Casas, prédios inteiros saqueados.

"Colocaram fogo num supermercado na Avenida Plínio Brasil Milano", diz Waldomiro, listando as tragédias com uma voz fria. "Ontem, meu carro saiu boiando. Saiu boiando enquanto eu estava na universidade tentando organizar um comitê de ajuda aos necessitados. Aquele maldito Toyota híbrido, ainda faltavam seis prestações." "E o seguro?", ele pergunta. "Se as seguradoras começarem a pagar tudo o que a água levou, meu amigo, elas vão pro buraco em uma semana. Pra você ter uma ideia, a Cristóvão Colombo inteira está debaixo d'água." Ele faz uma pausa, depois acrescenta: "Pelo fogo e pela água, não é isso que diz a Bíblia?" E então pergunta: "Mas o que foi que aconteceu aí?"

Conta da fuga de Débora. Horas vagando na chuva, ela está com febre alta, teve um sangramento forte. "E precisa de um médico", diz.

Com as estradas do jeito que estão, com o caos na cidade e os hospitais cheios, descer com ela seria arriscado. E pede, pede a Waldomiro o que nunca pediu a ninguém, pede com o coração na mão: "Por favor, traga-me um médico."

A conversa dura mais três minutos. Por trás dos palavrões e do jeito frio, Waldomiro Stobel é um homem como poucos. Vai dar um jeito. Vai alugar um carro, um helicóptero, qualquer coisa. "Me dê um dia pra chegar aí", ele diz.

Um dia é muito, pode ser tudo. Pensa no menino balançando-se no telhado... Mas não há o que dizer. Agradece a Waldomiro. Vai ficar esperando. "Você sabe chegar aqui?" O outro dá uma risada seca. "Eu ajudei você a construir essa maldita casa", diz antes de desligar.

O telefone faz um estalido seco quando a ligação é terminada. Ele respira fundo, tentando colocar as ideias em ordem.

Mas sente uma dor, uma fisgada no peito. Não tem mais idade para ficar fazendo excursões sob a chuva, vai ver pegou uma gripe. Por um momento, deixa a mente divagar e lembra dos antigos homens do Rio Grande, os centauros que lutaram a Revolução Farroupilha. Dez anos sob o sol e sob a chuva, e não conheciam a palavra *doença*. Degola, sim; tiro, sim. E gangrena, tocaia. Mas ele não é um desses homens. Seu pai era um caixeiro-viajante que cruzava o Rio Grande num Ford, e ele mesmo passou mais da metade da vida sentado numa cadeira fazendo projetos, ou dando lições numa sala de aula repleta de jovens sonolentos.

Levanta-se, abre uma das gavetas do criado-mudo, pega um vidro de Tylenol e sai do quarto. Na cozinha, toma dois comprimidos e entrega os outros a Eulália.

Eulália segura o vidro com as duas mãos, mas não diz nada. Esse seu rosto oblongo é um misto de serenidade e expectativa.

A voz dele soa cansada:

— Já falei com um amigo. Amanhã chega um médico. As coisas estão difíceis na cidade... Mas ele vem. Enquanto isso, vamos medicar a Débora de quatro em quatro horas.

Uma panela de sopa borbulha no fogão. Ele sente fome, mas está angustiado demais para comer.

— Quando ela acordar, me chama, Eulália. Vou estar na garagem.

A mulher concorda sem dizer palavra. Ele sai da cozinha pela porta dos fundos. No grande pátio cheio de árvores frutíferas, a água se acumula em largas poças, mas há um bafio no ar, uma pegajosa umidade que parece ser o prenúncio de um outro temporal.

A garagem está como ele a deixou há dois dias. A bicicleta azul, reluzente, apoiada a um canto do armário de ferramentas é a única nota dissonante do lugar.

Ele vai até a bancada onde estão os pedaços do berço, secos e prontos para a montagem. Pacientemente, tentando esquecer a dor nas têmporas e um certo mal-estar geral, vai montando o berço do neto. Prega o estrado no fundo, lixa um pedaço de madeira que ainda tem felpas, encaixa a parte da cabeceira e a dos pés, atarraxa nos buracos da base as grades envernizadas.

Gosta desse trabalho, é um jeito de libertar a mente. Gosta do cheiro do verniz, do toque morno e firme da madeira. Gosta de pensar que o bisneto vai dormir ali, vai refugiar-se entre as quatro arestas dessa minúscula cama.

Trabalha com ânsia por uma hora inteira. Lá fora choveu outra vez, e o céu é um manto cinzento e pesado que parece apoiar-se no cume da montanha. Também faz silêncio — acossados pela chuva, os pássaros não cantam. Ele pensa em Débora, na febre de Débora, na criança. Teria sido um erro subir a serra? Todo aquele sonho teria sido um erro?

Acaba de parafusar a última peça, então contempla o berço pronto. Essa coisa que ele fez com as próprias mãos. Uma alegria tímida invade seu peito. *As coisas podem dar certo...* Por que não? Débora pode ter a criança ali mesmo, e o menino vai crescer enquanto crescem as plantas do viveiro. Vai crescer junto com os guapuruvus, as romãs, as tipuanas. Um minúsculo e independente ecossistema perfeito.

Então, súbito, sente um golpe no peito. Como se uma mão invisível retorcesse suas entranhas. Respirar é difícil, ele sente o suor escorrendo pela testa, pelo pescoço. Um suor frio, doente.

É a ira de Deus, ele pensa. Porque vem fazendo tudo errado com Débora. Como se fosse o próprio anjo vingador, resolveu escrever a vida dela com as próprias mãos.

Com extrema dificuldade, ele se arrasta até a única cadeira e atira ali o corpo exaurido. Agora o suor desce pelas suas costas, um suor frio e desagradável. A dor começou a passar, lentamente. Já respira com cuidado. A garra soltou-o, e ele sente sua carne expandindo-se pouco a pouco.

Toma um susto, porque alguém colocou a mão sobre sua testa. Um toque leve, levíssimo. Ele vira o rosto com dificuldade, imaginando que vai ver o rosto de Eulália, seus olhos especialistas no sofrimento do corpo. Mas não; quem está ali é o menino. Ah, o menino... Como é parecido com ele mesmo! Ele acha graça, lembrando dos velhos retratos amarelados que a mãe lhe deixou.

Sorriem um para o outro. A dor agora é um sopro que vai se extinguindo até acabar. Ao seu lado, o menino espera tão pacientemente como um doutor. Espera sorrindo, mexendo os olhos dourados, fazendo pequenos tiques infantis.

Quando a dor desaparece, ele se acomoda na cadeira. Sente-se trêmulo, como alguém que escapa por pouco de ser atropelado. Suas ideias estão em desordem, e ele nada diz. Fecha os olhos por um momento, tentando sentir seu próprio corpo, tentando voltar a confiar nessa máquina alquebrada pelos anos e pelo uso.

O menino esvaiu-se pelas frestas do assoalho de madeira reflorestada. Como água que se derrete. Como uma alucinação ou um sonho que a luz do sol apagou da alma.

Mas não está louco. Tem certeza disso. Então se levanta e sai da garagem andando tropegamente. A luz cinzenta da tarde parece um fardo que ele tem que levar sobre os ombros. No caminho, decide que não vai dizer uma palavra do que aconteceu aos outros. Decide que isso é exclusivamente um problema seu.

Achados e perdidos

A casa decompondo-se como um cadáver: roupas sujas, pratos do almoço e do jantar de ontem, um jornal velho, anotações em blocos de receituário, meias azuis, uma garrafa de cerveja pela metade — tudo espalhado pela sala minúscula, tudo brotando das gavetas e armários, saindo de nichos, portas, bacias, prateleiras. Como se a casa vomitasse a si própria. Facas sujas, cascas de pão, uma cueca, livros abertos, e esse cheiro, esse perpétuo cheiro de mofo, esse cheiro vegetal que brota de cada coisa ao seu redor.

Arthur Mandelli abre caminho por entre esses pequenos destroços da sua própria vida cotidiana e se joga no sofá de dois lugares. Quantas vezes já transou ali? Quantas vezes já riu, beijou, já contou piadas ali? Agora o sofá tem manchas de molho, manchas vermelhas e vívidas como sangue, e tem manchas escuras de umidade. Mas ainda é um sofá macio, ele pondera enquanto se joga entre as almofadas, o corpo cansado, o corpo dolorido, o corpo satisfeito nos seus mais profundos instintos, porque chegou da casa dele agora, e lá passou as últimas duas horas. Apesar da chuva, das ruas alagadas, dos bairros inundados, Arthur foi, caminhou e dobrou esquinas e contornou rios de dejetos e subiu oito lances de escadas para encontrá-lo depois de todos esses dias. E transou, e gritou, e mordeu e chorou no colo desse homem. Chorou, sim, embora o namorado tenha ficado pasmo, chorou como uma criança, pois a verdade é que já não aguenta mais tudo isso. Não aguenta mais.

Mas agora está aliviado. Agora é um copo vazio e pode se dar ao luxo desses momentos de silêncio, pode até mesmo fingir que lá fora brilha o sol, e os ônibus trafegam, e as crianças vão à escola, e os ursos polares do Ártico estão contentes, e que todas as coisas, desde as mais irrelevantes até as mais fundamentais, estão andando perfeitamente bem, seguindo seu rumo sem tropeços — animais se reproduzindo, plantas fazendo fotossíntese, peixes nadando, meteoros nas suas órbitas — tudo isso porque ele está feliz. Sim, é um ato egoísta. Estar feliz é cruel; essa sua felicidade é tão agressiva como sair por aí desfilando um casaco de pele de foca. Mas é que ele nunca amou. Nunca antes. Quarenta anos sem amor, amor de verdade. E agora isso.

Arthur suspira. O entardecer lá fora tem cara de noite, uma coisa cinzenta, quente e pegajosa. Silenciosa também. Cada hora passa sem deixar rastros, a chuva apagando as pegadas dos minutos, levando embora tantas coisas… Agora já não tem mais importância se a Odete morreu. Essa bagunça toda, ele pensa, essa bagunça toda é uma oferenda minha pra vida. Porque sempre foi uma pessoa organizada, as gavetas em ordem, as cuecas dobradas, o saldo bancário em dia, as contas guardadas por ordem de vencimento. Mas não era feliz.

Sobre a mesa, o computador emite sons. As mensagens entrando, *pi-pi-pi-pii*. Arthur estica os braços, espreguiçando-se. Até que durou muito, essa alegria intocada; os ruídos do computador furam a bolha de êxtase, chamam-no para a realidade, para o que vai além das janelas.

Arthur Mandelli sabe o que vai além das janelas: as suas calças estão molhadas até a altura dos joelhos porque veio caminhando por sete quadras, e todo ele está úmido da chuva, mas seu coração quente, quentinho, hesita um pouco em sair do aconchego das cobertas dessa alegria. Talvez ficar assim, ele pensa. Ficar aqui nesse sofá cheirando a mofo por mais um dia inteiro, ignorando a fome, ignorando os e-mails. Gastar toda a sua folga do hospital — a primeira folga em uma semana — pra digerir as lembranças desse encontro. Ou talvez, o que seria perfeito, engendrar um novo encontro. Pois ele venceria não apenas sete, mas quarenta quadras alagadas para estar com seu amor mais uma vez, por um par de horas, em algum lugar fresco e seco, longe de tudo isso, longe do mundo.

Mas ele se levanta do velho sofazinho. Não tem jeito: ainda é Arthur Mandelli, um cara organizado, um médico dedicado que faz trabalhos humanitários aos sábados à tarde desde que estava no segundo semestre de Medicina. Nem todo o tesão do mundo, nem todo amor, verdadeiro ou de mentirinha, poderiam mudá-lo tão rápida e incondicionalmente.

— Mas há chance — ele diz pra si mesmo, enquanto puxa uma cadeira e digita a tecla *enter* no seu computador, e a tela se ilumina mostrando a sua caixa de correio explodindo de novas mensagens.

From: Eduardo. Subject: Encontrei Rhoda, a poodlezinha preta. Today.

From: Érica. Subject: Me ofereço pra cuidar de idosos. Today.

From: Zélia. Subject: Graças a Deus, a Rhoda voltou pra casa! Today.

From: Zluca. Subject: Menina desaparecida. Today.

From: Pequenasereia. Subject: Vamos rezar pelo Alexandre. Today.

From: WStobell.
Subject: No alto do canyon. Today
To: achadoseperdidos.org.com

Arthur,

Sei que você está de folga até a manhã de quarta-feira, e por isso pensei em você. Um amigo de muitos anos, o Marcus, aquele que é viúvo, cuja casa eu ajudei a construir lá nos altos da serra, ele está precisando de ajuda. A sua neta está grávida de quase nove meses, sofreu um pequeno acidente e está com sangramentos. Não dá pra descer pra cidade, você sabe melhor do que eu. Assim, a pergunta capciosa: você quer ir comigo até lá? Desculpa roubar seu único dia de folga, mas eu só podia pensar em você.

Waldomiro.

Arthur Mandelli encaminha todas as mensagens, menos a última. A última é pessoal. Ele lê a mensagem com um sorriso nos lábios. Uma menina à beira do canyon, dando à luz. Só podia ser coisa do Waldomiro.

Ele digita uma resposta às pressas, depois consulta o relógio. Seis horas da tarde. Lá fora a luz cinzenta vai se apagando aos poucos, vencida pela umidade e por essa tristeza quase palpável que escorre das altas paredes dos prédios, das fachadas de mármore, dos galhos retorcidos das velhas árvores centenárias, em cujos troncos os cupins morrem afogados sem alarde.

Você é um velho louco, Waldomiro. Louco mesmo. Mas eu vou. Eu não tinha mais nada a fazer com minha folga, a não ser olhar este apartamento imundo. De qualquer modo, vai ser bom sair dessa maldita cidade. Mas me conta uma coisa: seu carro não tinha morrido afogado há dois dias? Arthur.

A mensagem, *plim*, desaparece. Essa mágica que seu cérebro não consegue assimilar. Atravessa descaminhos e circunda seus mistérios, enquanto a chuva parece suspirar por um instante, afagada pela brisa, e depois volta a cair com macabra resignação.

7.

Marcus entra no quarto sem bater e encontra Débora acordada. Ela parece bem, seu rosto tem uma certa cor de saúde, mas olheiras escuras salientam o verde dos seus olhos. Num canto, Eulália lê a Bíblia em voz alta. Ao vê-lo, ela se cala. Não sabe se Eulália silenciou por timidez, ou se apenas está espantada com a sua aparência. De qualquer modo, é engraçado que ela esteja lendo a Bíblia para a neta.

Olha-se no espelho de relance, e vê que sua figura não é das melhores. Descabelado, e as rugas parecem mais fundas do que ontem. Os olhos estão riscados de veias vermelhas. Sem perceber, leva a mão ao peito. Com o canto dos olhos, vê Eulália fazer o sinal-da-cruz. Como se soubesse.

— Oi, Débora — ele diz finalmente, aproximando-se da cama.

Sua voz é serena, quase fria. Dir-se-ia que é um médico na ronda do final do dia. Equilibrado, encorajador. Deveria estar chorando ali, aos pés da menina. Deveria dizer, quase morri lá na garagem, mas não diz. Foda-se o mundo e toda essa merda de aquecimento global. Se você quer morrer afogada numa cidade grande, morra. Tudo vai por água abaixo mais cedo ou mais tarde, e você é dona da sua vida.

Mas não diz.

Olha para a neta e percebe traços sutis de Laura: as maçãs do rosto, a linha delicada do nariz, o desenho dos lábios. O cabelo dela tem a mesma textura do cabelo de Laura.

Débora se encolhe sobre o colchão. Seu rosto contraído parece o de alguém que sente dor. Ele senta à beira da cama, sem coragem de largar todo o peso do seu corpo. Movimenta-se com extremo cuidado, como se sua presença ali fosse profana. Um homem no espaço das mulheres. E todos aqueles segredos sob o lençol.

— Como você está, meu bem?

Sua voz treme nas últimas palavras. *Meu bem*. Sua voz equilibrista de circo dá uma pirueta, quase cai do arame, mas termina o espetáculo com galhardia.

Um brilho no olhar de Débora. Vai ver ela percebeu sua angústia. Vai ver esperava um tremendo esporro, uma bronca. Ela fita-o por um instante, como ponderando as palavras, depois fala:

— Desculpe, Marcus... Você nunca vai entender, talvez seja difícil de entender mesmo. — Ela ergue as mãos no ar, depois deixa que caiam sobre suas pernas. — Mas eu errei. Desculpe.

Fica olhando essas mãos brancas como duas pombas. Os dedos longos e inertes, as unhas sem esmalte. Todos os esmaltes de Débora devem ter ficado na cidade.

Ele diz:

— Tudo bem, minha querida.

Estende o braço e segura uma das mãos da neta entre as suas. As peles contrastam, a mão dela treme, depois aninha-se no calor da mão mais velha.

— Eu não queria... — ela geme.

E as lágrimas começam a correr pelo seu rosto. Profusamente, as lágrimas rolam, molham seu peito, somem por entre as rendas da camisola que Eulália vestiu nela. Essas lágrimas são como a chuva lá fora.

— Será que eu vou perder o bebê?

Ele aperta a sua mão.

— Não — diz com firmeza. — Você não vai perder o bebê, Débora. Eu chamei um médico... Ele chega amanhã. Vai dar tudo certo.

Vai dar tudo certo. A voz dele soa cheia de certezas. Olha o rosto de Eulália, que está sentada a um canto do quarto, acarinhando a capa de couro da sua velha Bíblia. É um rosto sereno, confiante. Mas Eulália tem Deus. Ele não tem nada. Porém, ou apesar disso, repete:

— Vai dar tudo certo, você vai ver.

A neta então parece relaxar um pouco. Escorrega o corpo pelo colchão, apoiando a cabeça no travesseiro. Com esse movimento, a barriga se salienta, cresce. A barriga parece dizer: eu também estou aqui.

Débora fecha os olhos, como quem vai dormir. Depois de alguns momentos, ele puxa sua mão com cuidado, querendo deixá-la à vontade. Mas, súbito, ela arregala as pupilas verdes e diz, num jorro de palavras:

— Eu ia buscar... Eu ia buscar o André. Foi por isso que eu fugi, Marcus. Eu pretendia pegar um ônibus pra Porto Alegre. Depois eu voltava... Eu ligava de lá, dando notícias.

Não sabe o que dizer. Que foi uma bobagem? Não adianta mais. Tem vontade de dizer que os ônibus estão parados por causa da falta de combustível, que a estrada está um lixo, cheia de crateras por causa da chuva. Que Porto Alegre está debaixo d'água.

Mas apenas sorri compreensivamente. Em algum tempo perdido na bruma dos anos, ele teve a mesma idade que ela. Fez besteiras e cometeu erros. Ainda comete erros, maiores do que os daquele tempo.

— Esquece isso, Débora. Já passou. Amanhã o médico chega, ele vai cuidar de você e do bebê. E, quando vocês dois estiverem bem, eu prometo, eu vou procurar o André.

Ela parece titubear. A boca se abre, um sopro de ar é a única coisa que escapa dos seus lábios finos, exauridos. Depois ela sorri de leve. Como quem levanta uma bandeira, diz:

— Não estou mais sangrando, Marcus. Talvez dê certo.

Ele olha para Eulália, que confirma: o sangramento parou. Sente-se subitamente cheio de vitalidade.

— Mas por que vocês não me disseram antes? Isso é uma ótima notícia. Uma grande notícia. Vai dar tudo certo, você vai ver.

A neta olha-o com seu meio sorriso nos lábios e uma dúvida nos olhos. Eulália abraça a Bíblia e ergue-se do seu lugar, faz um aceno de cabeça e sai do quarto na ponta dos pés. Uma mulher da terra, suave como uma aragem. Quando ela sai, os dois parecem mais vulneráveis.

Ele caminha até a janela, ponderando as chances que ambos têm. O sangramento parou. Sangramentos pequenos são normais. Não são bons, mas são normais. Agora ele repete pra si mesmo, tudo vai dar certo, tudo vai dar certo. Repete como um robô. As palavras, no entanto, passam por ele, escorrem dele feito água, enquanto Débora fecha os olhos, como se a sua presença lhe causasse alguma estranha e incontrolável sonolência.

Através da vidraça, vê que recomeçou a chover. Uma chuva miúda, que cai de lado, que molha uma das faces da pedregosa montanha cujo corpo começa a ser engolido pela noite. A chuva bate nas araucárias ao longe, lambe os ipês do quintal. E então, lá fora, passeando pelo gramado perto da horta, ele vê o velho daquela outra noite. O velho que esteve no seu quarto, e que agora chafurda na terra embarrada, mancando pesadamente da perna esquerda.

Por um instante, seus olhos se cruzam, e ele percebe que o velho está chorando. As lágrimas dele têm uma cor escura como o barro e riscam sua face cheia de rugas.

Essa população de fantasmas que o perseguem... Quem serão eles, todos eles? Talvez já seja esperado no outro mundo. Ou talvez não. Às vezes pode sentir a morte rondando-o como um cão faminto, mas a morte está em todos os lados agora. Porém o velho lá fora, esse homem cansado, de pele leitosa, cujos andrajos ele arrasta pelo chão barrento, não é uma figura assustadora. Não lhe causa medo, apenas tristeza. Uma tristeza fluida, incontrolável. Os olhos fechados de Débora são um alívio para ele.

Lá pela meia-noite, raios começam a riscar o céu. Trovões retumbam, e o som grandioso como o de uma orquestra um pouco desafinada bate na grande montanha rochosa e volta, cheio de fúria, até os seus ouvidos. A chuva explode contra as venezianas da casa azul, cortando o silêncio como uma faca.

Estão Débora, Eulália e ele. Eulália dorme com sua neta, para o caso de ela precisar de alguma coisa. Eulália deve pensar que esta chuva é a ira divina. Deus salvou o homem uma vez, mas a descendência de Noé não fez valer tal honra. Agora Deus perdeu a paciência.

Ele não dorme. Sentado no sofá da sala, olha a chuva cair lá fora, vê a montanha iluminada pelos brilhos prateados dos raios; a montanha aparece e desaparece como num sonho estranho. Sente-se inquieto, como estará a estrada? Será que Waldomiro vai conseguir subir a serra? Será que arranjou um bom médico que o acompanhe na empreitada?

Já ligou várias vezes para o celular de Waldomiro Stobel, mas não há sinal. No número da casa, ninguém atende. Evidentemente, ele deve estar a caminho. A madrugada é o melhor horário para efetuar qualquer viagem, por causa dos saqueadores. Também é à noite que se pode comprar alguma gasolina, mesmo que adulterada.

De vez em quando, chegam aos seus ouvidos os ganidos do cachorro de Juvenal. Será que tem gente rondando a propriedade, ou o bicho apenas reclama do ribombar dos trovões? Imagina-o deitado na grama sob o teto de zinco que lhe serve de casa, e os trovões estourando nos seus ouvidos com seu som multiplicado por quatro.

Sente pena do bicho. Nunca foi muito afeiçoado a animais, mas pensa no cachorro de Juvenal, uma cruza de labrador com pastor alemão, e queria sua companhia agora. Mas está sozinho.

— Ai, Júlia, Júlia...

Sua voz. Essa voz flutuando na sala deserta.

Ele espia a janela e só vê a noite. Nem o menino veio visitá-lo. Senta-se outra vez, inquieto. O peito não dói mais. Apenas um leve cansaço denuncia-lhe que as coisas não vão bem. Não é apenas Débora que precisa de um médico, mas ele também. Um velho brincando de Robinson Crusoé. Um velho com um relógio dentro, e o tempo está se acabando.

Na manhã seguinte, ele acorda às oito horas da manhã com o sol batendo nos olhos. Dormiu na sala, estirado no sofá.

Por um momento, quando abre os olhos, sua mente não funciona muito bem. Por que dormiu ali, no meio da sala? Alguma coisa lhe dói no peito, como se uma engrenagem qualquer estivesse emperrada. Ele lembra dos acontecimentos do dia anterior, lembra da fuga de Débora.

Em dois segundos, está de pé. Abre as cortinas e vê o céu azul. Finas nuvens flutuam no horizonte, atrás da montanha. E faz calor, faz muito calor. A chuva do dia desapareceu sem deixar outros resquícios que pequenas poças de lama espalhadas pelo gramado. Ele ainda não sabe que o açude encheu, derrubando um lado do muro de taipa feito por Juvenal, nem que parte do telhado da garagem foi arrancada com o vento, e que o berço do bisneto está agora secando ao sol.

Ele abre as janelas da sala, procura um carro estacionado em algum lugar do terreno. Mas não vê nada. Sua boca está seca, então segue para a cozinha em busca de um copo de água.

Eulália está sovando pão em silêncio. A massa branca cresce entre seus dedos, rola no tampo da mesa sobre pequenas ilhas de farinha. A massa vai engolindo a trilha diáfana.

— Bom dia, seu Marcus.

— Bom dia — diz ele.

Eulália observa-o tomar um copo inteiro de água. Depois limpa as mãos no avental.

— O Juvenal foi consertar o teto da garagem, que destelhou com o temporal.

— Destelhou? Estragou muita coisa?

— Não — ela responde rápido. — Aqui os estragos foram leves, seu Marcus. Mais abaixo, teve até casa que saiu rolando a montanha. Também caíram duas barreiras na estrada, a uns quinze quilômetros daqui.

É como se a água se solidificasse dentro do seu estômago. Pensa em Waldomiro subindo a serra com o médico para tratar de Débora. Já era tempo de estarem ali. Mas a voz de Eulália ainda paira no ar quente: *tudo interrompido, seu Marcus. Duas barreiras.*

Parada à sua frente, Eulália parece mastigar o silêncio, enquanto seu rosto permanece impassivelmente triste. Talvez ela reze pelos que perderam as casas. Talvez. Ele vê o Cristo pendurado na cruz, a cruz pendurada na corrente sobre sua pele escura. Mas ele sabe que Eulália está pensando em Débora, no parto de Débora.

Então diz:

— Estamos isolados ou dá pra chegar aqui?

E tem vontade de agarrar o crucifixo, de cobrar ajuda daquele deus feito homem, de pedir-lhe justiça. Mas justiça é uma palavra muito vaga, e afinal o que importa uma única moça e seu filho dentro da barriga? Quantos estão morrendo agora mesmo, de sede, de fome, de doenças, levados pelos cataclismos meteorológicos, os terremotos, ondas gigantes e enchentes? Quantas casas desceram a montanha com seus moradores dentro?

A voz de Eulália rompe a torrente dos seus pensamentos:

— Deu no rádio que estamos isolados, seu Marcus. O Juvenal ouviu. Aqui só dá pra chegar de helicóptero.

Lá fora, o sol arde em perfeito esplendor. Sente uma raiva surda, uma raiva que enrijece a musculatura do seu pescoço e que faz pinicar os seus nervos. Se aguçar os ouvidos, até pode escutar o barulho de Juvenal trabalhando no telhado da garagem, isso e o ruído da vertente, como uma música distante, uma promessa. Aqui era para ser o paraíso. Mas, afinal, seria um sonho bom demais.

Ele pensa em Débora, que decerto dorme.

— Eu passei um café — diz Eulália, entregando-lhe uma xícara fumegante.

— E agora? — pergunta, sem se dar ao trabalho de provar o café.

— Eu cuido da Débora. O sangramento parou, ela está com um pouco de febre, mas pode ser só uma gripe. Toda aquela chuva de ontem, e a menina lá... — Dá um tapinha na mesa, subitamente confiante do futuro. — Vai dar tudo certo, seu Marcus. Deus é grande. Ele disse: "Sejam férteis e multipliquem-se." Essa criança é vontade de Deus, ela vai nascer bem.

Ele deixa que fale, e fecha os olhos por um momento. A voz lenta, confiante, que pronuncia as palavras de um jeito arrastado, essa voz o tranquiliza. Tem vontade de pedir que Eulália também cuide dele, que também profetize sobre o seu futuro. Ele, o homem velho.

Abre os olhos e tudo o que diz é:

— Vou ver Débora.

Eulália entrega-lhe um sorriso tímido. Como se tudo aquilo fosse perfeitamente normal — a chuva, a queda das barreiras, Débora doente em seu quarto —, ela lava as mãos na água de uma bacia e torna a ocupar-se da massa do pão, agora cortando-a em grandes nacos, que acomoda numa assadeira de ferro.

Tenta encontrar Waldomiro Stobel em algum dos seus telefones, mas nada. O celular está desligado, e o número residencial chama até cair. Liga então para a universidade, conhece o número de cabeça, nem é preciso olhar na agenda. Mas uma voz desconhecida atende e diz simplesmente, *desculpe, estamos com as aulas suspensas.*

No quarto, Débora parece estar esperando por ele. Tem um livro aberto ao seu lado, mas não lê. Quando ele entra, nota imediatamente que ela está mais corada, mais bonita.

— Melhorou? — pergunta sorrindo.

Ela afasta os cabelos do rosto. Como se fossem orvalho, minúsculas gotículas brilham logo acima do seu lábio superior. Pela janela aberta não entra nenhuma brisa, e as cortinas parecem dormir, imóveis. Lá fora, a grande montanha respira sob o sol matinal.

— Melhorei um pouco — diz Débora. — A dor meio que passou.

Ele toca de leve sua testa e fica aliviado ao perceber que ela não tem febre. Mas Eulália vem mantendo-a medicada, conforme combinaram. Puxa uma cadeira e senta-se ao seu lado.

Subitamente, Débora pergunta:

— Eles não vêm, não é, Marcus? — E seus olhos têm um brilho inquieto, como a chama de uma vela soprada pelo vento.

— Vai ser difícil, meu bem.

A sua resposta é uma surpresa até para ele mesmo. Teria dito outra coisa. Qualquer coisa. Ainda ontem, teria inventado uma desculpa. Mas há algo novo em Débora: é como se ela tivesse crescido durante a madrugada. Alguma coisa nos seus olhos, no contorno dos seus lábios. Alguma coisa que ele poderia chamar de serenidade.

— Caíram umas barreiras e a estrada está fechada. Tentei o celular do Waldomiro, mas não tem resposta.

Percebe a mão espalmada sobre o ventre, e sente um aperto no peito. Os olhos dela se enchem de medo, parecem grandes demais para o seu rosto.

— Agora terei que contar só com Eulália. Eu preferia um médico, um bom médico com diploma, essas coisas.

Ele sorri. Estica o braço e deixa os dedos correrem pelos seus cabelos macios.

— Eulália é uma boa mulher, é competente. Além disso, ela tem fé. O que é muito mais do que eu mesmo posso lhe oferecer, por exemplo.

Ela dá de ombros.

— Eu confio em Eulália. Mas com um médico... Eu ficaria mais tranquila. — Seu rosto busca a claridade que vem da janela e suaviza-se por um momento. — Eulália lê a Bíblia para mim.

Ambos riem. Enquanto ouve sua própria risada, ele saboreia esse instante. Teriam rido juntos uma outra vez?

— Nunca imaginei uma leitura mais inadequada pra você, meu bem. Sua mãe nunca pôs um pé numa igreja, e eu sou judeu. Quanto ao seu pai, nunca cheguei a saber se ele tinha alguma religião.

Ela sacode a mão no ar, balançando os longos dedos pálidos.

— Pois eu gostei, sabe, Marcus?... É uma linda história, o Gênesis.

Ele estica o braço e pega-lhe a mão como quem agarra um passarinho em pleno voo. A carne dela fica pulsando, pulsando. É uma carne quente, viva. Duplamente viva.

Quando se olham, quando vê os olhos dela pousados no seu rosto, ele entende subitamente o que aconteceu. Débora aceitou a barriga e o futuro que vem com ela. A outra mão, a mão que ele não pescou, permanece lá, sobre o ventre, fazendo minúsculos círculos num carinho silencioso que talvez chegue até o bebê. Ele não sabe, não entende dessas coisas. Mas pensa na criança lá dentro. Uma moeda num cofre, um segredo.

Acompanha os desenhos invisíveis que a neta faz sobre o ventre. Então vira seus olhos para o vulto da montanha que segue ainda acima deles, pairando na manhã silenciosa e quente. É para ela que diz, obrigado. O teto do mundo, longe da calamidade lá de baixo. Obrigado, ele repete, mexendo os lábios.

Torna a concentrar-se na neta:

— Quando chegar a hora, acredite que vai dar certo. Eu nasci em casa. Uma parteira veio e me pôs no mundo. Às vezes via a parteira passando na rua, perto da nossa casa. Bem, era uma cidade pequena, um vilarejo… Ela era uma mulher muito velha, mas as mulheres de lá ainda a chamavam na hora dos seus partos. Diziam que ela falava com as crianças dentro no ventre, mas disso eu não sei.

Débora sorri. Seus pequenos dentes brancos formam uma fileira perfeita, como as contas de um colar.

— Você está muito sentimental hoje, vovô.

Ele dá de ombros:

— Deve ser o calor.

Mas a palavra *vovô* flana dentro dele como uma pena soprada pelo vento. Leve, levíssima. Sem o conhecido verniz de deboche. Diferente…

Então ele a olha e diz:

— O calor e o que aconteceu ontem, evidentemente.

Débora fica ruborizada. E ele acrescenta:

— Achei que ia perder você.

— E o bebê — ela completa.

— E o bebê, Débora… É claro que também pensei no bebê. — Ele suspira fundo. É cedo, mas as cigarras cantam lá fora. — Era o seu nome que eu chamava lá na estrada, sob a chuva. Era o seu nome, Débora. *Deborah*.

Ao mudar a sílaba tônica do nome da neta, ao pronunciá-lo à maneira hebraica, ele parece ouvir a voz da mãe nascendo lá no fundo da sua memória. Um eco perdido de tempos que ele esqueceu. Ou quis esquecer. O que há da sua mãe na menina deitada nesta cama? Ele olha-a atentamente mas parece não encontrar semelhanças externas.

Ambos ficam calados por um momento. Débora tem os olhos perdidos na paisagem da montanha. Ele pensa na mãe, no rosto enrugado, nas poucas palavras. A mãe numa casa para idosos, sem reconhecer os filhos, chamando-o por nomes de um passado perdido, como alguém que tenta encontrar o fogo entre as cinzas frias. Agora, ele é que se sente velho. Dói-lhe o peito. Desde ontem, certas coisas parecem queimá-lo por dentro. Como se o mesmo acontecimento que obrou tal mudança em Débora, que pôs essa luz nos seus olhos, também o tenha guiado para um caminho inexorável. Pior. O lento caminho rumo ao final.

Afasta essa ideia. Quer estar com Débora e com o menino. Vê-lo crescer naquela casa, olhar a paisagem dessa janela com ele. E, por que não, quer deixar sua marca na vida do bisneto. Ele sorri dos próprios pensamentos. Será que era isso que procurava todo o tempo? Encher a sua solidão com a vida de outro? Será que, ao perder a oportunidade com Débora, resolveu escolher o bisneto como alvo? Sente-se abalado, frágil. O episódio de ontem, a súbita dor no peito, tudo isso o deixou assim, nervoso.

— Eu fiz uma promessa a você ontem.

Débora não entende a que ele se refere. Espanta-se com esse seu olhar longo, inquisitivo. Será que ela esqueceu das coisas que ambos falaram? Talvez a febre, a exaustão...

Ele pigarreia, procura as palavras certas.

— Vou cumprir minha promessa, Débora. Assim que você tiver o seu filho, vou buscar o André para que ele conheça a criança. O resto é com vocês, vocês decidem. A casa comporta mais um. Se quiserem, vocês podem ficar por aqui.

A neta enrubesce de repente e encolhe-se contra o travesseiro branco. Seu rosto de menina, esse rosto afogueado e frágil, enternece-o profundamente. Ele quer abraçá-la, mas fica onde está.

— Eu não sei, Marcus. Não sei nem se quero ficar aqui.

Ah, então é isso. Um breve entendimento entre os dois, depois a peleja outra vez. Fica envergonhado da sua ilusão, de pensar que tudo seria tão fácil. Tenta usar uma voz amena, não quer provocar brigas. Uma briga, nessa situação, não ia ajudar em nada.

— Escute, meu bem, viver numa cidade hoje é muito perigoso. Porto Alegre está debaixo d'água. Água suja, Débora. Os hospitais estão cheios e não há transporte público. Eu liguei pra universidade, e as aulas foram paralisadas.

Ela olha-o como se não entendesse:

— Mas lá é a minha casa, Marcus. Eu não sei plantar nem colher. Aqui é bonito, mas eu não me sinto em casa. E depois, a água vai baixar. Tudo vai voltar ao normal.

— Os parâmetros de normalidade já estão obsoletos.

— Não fale comigo com esse seu jeito de professor.

— Sabe, Débora, quando você era pequena, teria sido mais fácil. Mais fácil eu me aproximar de você, conhecê-la... Mas eu era um homem triste... Sua avó estava doente, e eu a amava.

— Eu sei.

A voz dela impele-o a falar. É como se de repente encontrasse uma porta, uma porta onde antes só houvera uma parede lisa e branca. A porta se abre e as palavras escorrem pelo vão. Ele ouve-se dizer:

— Júlia foi a pessoa mais importante da minha vida, e me pareceu injusto demais quando ela ficou doente. Essa dor não me deixou espaço pra mais nada, Débora. Eu era um homem amargo, e não soube olhar você.

Ela quem lhe estende a mão. Tocam-se, dedos e palmas. As peles se misturam, e ele sente que a febre dela está voltando.

— Agora eu quero compensar tudo isso. Mas estou errando. Eu sei que estou errando... Eu idealizei um futuro para nós. Foi um plano baseado em evidências também, com tudo o que vem acontecendo. Por isso construí essa casa, comprei os animais, fiz a horta e o viveiro... Um pequeno mundo independente. — Ele dá de ombros. — Mas você está aqui como uma daquelas princesas de contos de fadas. Esperando que alguém venha salvá-la.

Agora ela ri. É tão bonita, com seus cabelos longos, os olhos vivos. Quando ela ri assim, alguma coisa de Júlia se acende dentro dela. A febre empresta uma cor rosada ao seu rosto jovem. Uma cor floral. Sim, a neta parece uma dessas flores silvestres que brotam na encosta da montanha.

— Você está bem falante hoje, Marcus.

— Metafórico também.

Tenta brincar com seu estado de espírito, mas seus olhos úmidos o traem. Agora um novo passo: chorar na frente dela, isso nunca tinha acontecido antes.

— Eu estou um pouco assustada com tudo.

Ele dá um tapinha na própria coxa, tentando quebrar a solenidade daquilo. Solenidade que ele criou.

— Vamos com calma, então, meu bem. — E ergue-se. — Agora vou falar com o Juvenal, vou descobrir como está a estrada realmente... Depois venho ver você, OK?

Ela recosta-se no travesseiro. Parece subitamente muito cansada.

— OK — ela diz. — E não se preocupe, estarei por aqui quando você voltar.

Deixa escapar uma risadinha frágil, que silencia quando ele fecha a porta atrás de si.

Achados e perdidos

São cinco horas da manhã. Para os lados do horizonte, uma luz mais clara, azulada, tenta vencer as pesadas nuvens de chuva que pairam sobre a cidade logo acima dos prédios mais altos, nuvens escuras e inquietas, que parecem prestes a arrebentar a qualquer momento.

Arthur Mandelli desce as escadas correndo. O elevador está parado há tantos dias que ele nem se importa mais. Abre a porta do prédio e logo vê o carro preto estacionado ao meio-fio, o seu vulto por trás do vidro. Apenas uma fresta aberta, e aqueles seus olhos perscrutadores varrendo a calçada vazia. Arthur ri, porque ele parece um policial de filme B, desses que passam durante a madrugada e que a gente vê pra incentivar o sono.

Arthur entra no carro e aspira seu cheiro, um misto de plástico e desinfetante, um cheiro impessoal e vagamente triste, que oprime seu peito e quase faz com que desista da viagem. Mas não. Essa viagem é importante para Waldomiro. A neta do seu melhor amigo. Um bebê que quer vir ao mundo (coitado, não sabe onde vai se meter). Essa viagem é importante até para ele mesmo, Arthur, porque ele quer ajudar. Quer parecer bom e corajoso e competente aos olhos de Waldomiro.

Assim, tentando esquecer esse sentimento tolo, porque anda muito sensível ultimamente, e enquanto atira suas coisas no banco de trás do carro, Arthur ergue o rosto para o motorista, e os olhos dos dois finalmente se encontram. Sem pressa, Arthur decifra os traços desse rosto. Uma face masculina, alongada, os cabelos grisalhos, a barba de fios escuros por fazer, tingindo seu queixo como uma outra pele, e esses olhos de um tom esverdeado, um tom frio de verde como água coberta de lodo.

Esse olhar, por um momento, apaga a chuva — os dois homens pairam no silêncio macio e quente dessa caixa de metal sobre rodas. Depois, como num *clic*, como se alguém mudasse a estação de rádio, a chuva volta a tamborilar no para-brisa, nos vidros, no capô, fazendo sua música inclemente soar nos seus ouvidos cansados.

— Obrigado por vir — diz Waldomiro Stobel, e sua mão comprida, cujo dorso tem visíveis as marcas da idade, pequenas manchas claras pontuando a pele de um tom caramelo, pousa sobre seu braço.

Arthur sorri. Essa mão quente evoca lembranças, afasta tristezas. Ele recosta-se no assento do passageiro e fecha os olhos por um instante. Depois diz:

— Quase não dormi. Meu corpo está perdendo o hábito do sono.

Waldomiro gira a chave na ignição, o ruído do motor ecoa lá fora, abafado e preguiçoso.

— Você quer salvar o mundo, Arthur. Mais do que um médico, você é um diletante. Ainda continua com aquele site?

— Aquele site já ajudou muita gente. Pai encontra filho, vovó encontra vovô. Não dá pra ficar esperando a Defesa Civil, você sabe. — Ele ri. — Pensando bem, se estamos subindo a serra pra ajudar uma adolescente grávida a dar à luz, então mais alguém além de mim tem bom coração aqui neste carro alugado.

Waldomiro dá de ombros:

— É só fachada. O que eu queria mesmo era sequestrar você dos seus doentes e necessitados, nem que fosse por um único dia. Ou você acha que eu ia pagar duzentos mangos por uma diária dessa lata velha se não fosse por razões egoístas?

— O que me encantou em você, Miro, foi esse seu senso de coletividade.

Os dois riem. Por um momento, parece mesmo que estão saindo de férias. Como duas pessoas normais num tempo normal.

O carro avança pela rua silenciosa até uma esquina. Estão no Bom Fim, e Waldomiro evita as ruas próximas ao Parque da Redenção, totalmente alagadas, e escolhe uma ruazinha que vai dar na Avenida Independência, onde é possível trafegar com alguma segurança. Quase não cruzam por carros: a gasolina, além de racionada, está custando caro demais, e poucos se atrevem a sair antes que o dia clareie completamente. Há muitos veículos parados sobre as calçadas, carros pifados, motores cheios de água. Os poucos pedestres andam em grupos de três ou quatro, vencendo as calçadas sujas, contornando as pilhas de detritos que se acumulam há duas semanas, desde que a coleta de lixo municipal parou de funcionar.

Arthur passa os olhos pelas ruas cinzentas, cujas casas comerciais estão fechadas na sua maioria. Na esquina da Mostardeiro com a Bordini, algumas mulheres fazem fila em frente a um mercadinho, esperando, silenciosas e taciturnas, sob o abrigo colorido dos guarda-chuvas. A comida dos filhos, essa é a máxima dessas mulheres. Para comprar leite, pão e carne, é necessário esperar às vezes uma hora sob a garoa ou o temporal. As grandes redes de supermercados atendem de portas fechadas, distribuindo senhas ao amanhecer.

Arthur tem a sensação de que a cidade vive uma guerra. No próximo minuto uma bomba vai explodir. Vai jogar o carro pelos ares. Mas não é nada disso. Sem detonações ou estrondos, apenas essa chuva incessante e lúgubre. Suas meias estão úmidas, seus cabelos estão úmidos. Ele enfia as mãos nos bolsos das calças em busca de folhas, tem certeza de que plantas crescem nas dobras das suas roupas. Até seus dedos parecem raízes, ele pensa, tirando as mãos dos bolsos e levando-as à altura dos olhos.

— Acho que você dormiu pouco mesmo — a voz de Waldomiro corta seu devaneio. — Está com olheiras.

— Duas horas. No sofá da sala.

— Pesadelos?

Arthur sorri.

— Pra dizer a verdade, sonhei com você.

Waldomiro Stobel não diz nada. Talvez um brilho no fundo desses olhos verdes? Arthur não sabe, ainda não aprendeu a desvendá-lo. Mas eles têm todo o tempo do mundo. Ou pelo menos, terão muito tempo — o nível dos oceanos sobe lentamente.

— Durma um pouco — diz Waldomiro depois de um instante. — A viagem será longa, e a estrada está terrível. Parece que houve um deslizamento em algum lugar, mas daremos um jeito. Acordo você quando chegarmos em Taquara, lá começa a subida da serra.

Arthur se recosta no banco do carro, e relaxa os ombros. A sensação desagradável desapareceu sem deixar vestígios. Ele pensa que é bom estar ali com Waldomiro, apartado dos problemas alheios, protegido pelas janelas fechadas, acalentado pelo ruído do ar-condicionado. Sem doentes, sem feridos, sem gritos, nem e-mails, nem pratos sujos.

— Vai ser legal deixar tudo isso, nem que seja por um dia — ele diz baixinho, mastigando as palavras.

E então resvala para o sono sem ver o sorriso tardio, vívido, que surge no rosto vincado de Waldomiro Stobel enquanto o carro segue para os lados do Aeroporto Salgado Filho.

8.

Faz um calor pegajoso. Um manto de nuvens claras se espalha sofregamente sobre o céu, escondendo o sol.

Enquanto caminha, ele sente o suor escorrendo pelo seu pescoço e pelo peito. Final de abril, mas a temperatura é de verão. Ele olha para a montanha e balança a cabeça tristemente: logo vai chover outra vez.

Encontra Juvenal consertando o telhado da garagem. Sem camisa, de galochas e calças velhas, Juvenal parece um gato caminhando por entre as telhas. Ele agacha-se a um canto e começa a martelar ritmadamente.

Junta as mãos em concha e chama por ele.

As batidas cessam. Juvenal levanta o rosto e seus olhos se encontram. Mesmo de longe, pode ver os detalhes da face vincada, a boca que é quase um esgar, a testa alta.

Observa-o enfiar o martelo numa espécie de cinta que leva à cintura. Juvenal levanta-se do seu lugar e caminha até a beira do telhado com estranha desenvoltura.

Ele eleva a voz:

— Como estão as coisas, Juvenal?

O caseiro sacode os ombros.

— Tivemos um bom deslizamento de terra. E, se chover mais, vai piorar. Morreu gente lá pra baixo.

Ele pensa em Waldomiro e sente remorso. Se alguma coisa aconteceu com o amigo, a culpa será sua.

Na beira do telhado, Juvenal se agacha. Parece sempre em dúvida se deve falar alguma coisa ou não, como se economizasse as palavras.

— Pra lhe ser sincero, vai ser difícil o médico chegar — diz Juvenal por fim. — Se tivessem passado as barreiras caídas, eles já estavam aqui.

Sabe que o caseiro tem um rádio com o qual se comunica com outros sítios das redondezas ou mesmo de longe. As notícias de Juvenal são de boa fonte.

— Acho que vou tentar descer.

— É perda de tempo, seu Marcus. E é perigoso. Ninguém garante que não vai haver mais deslizamentos, e a estrada foi interrompida em dois trechos.

— Ainda assim. Vou esperar até amanhã, depois desço.

O caseiro não responde. Pode lidar com o telhado, com as mudas, o sistema de aquecimento. Mas não com gente. Não com um homem que tem a mesma idade que ele. E seus olhos dizem que, se a neta fosse sua, talvez tomasse a mesma decisão. Talvez.

Não há muito mais a ser dito, e Juvenal volta para o conserto do telhado. O barulho do martelo recomeça. *Plact, plact,*

plact. As nuvens brancas adensam-se no céu, e nas árvores os pássaros estão calados, como que à espera de algum grande acontecimento.

Ele se afasta pensando que tem de fazer alguma coisa. Sem saber pra onde ir, segue no rumo do pomar. O cantar do martelo vai ficando para trás, *plact, plac, pla...* Ele caminha pelo terreno íngreme, afundando os pés na terra fofa e úmida. Está nervoso. Não pode simplesmente ficar ali parado à espera de que os acontecimentos sigam seu rumo. Vai chover outra vez. Mais terra vai cair, isolando o alto da montanha: ele e a neta ficarão separados do mundo. É engraçado, foi isso que quis, sair do mundo. Criar um mundo novo para Débora e para a criança que vai nascer. Aquele mundo lá de baixo não serve mais, está podre, doente, exaurido. E, agora que aconteceu, sente medo. Este pequeno universo que criou é tão frágil quanto todo o resto.

— Tudo isso é uma merda — diz, chutando uma pedra do caminho.

E, logo em seguida, acha graça de si mesmo. Essa frase combina mais com Débora, que tem dezessete anos. Aos sessenta e três, acreditava haver se livrado do alívio tolo dos palavrões. Mas, por entre as folhagens que se mexem, alguém lhe faz coro.

Ele ergue os olhos e vê o menino. Seu rosto corado, de pele perfeitamente lisa, os olhos escuros, as mãos agarrando as folhas de uma goiabeira com os galhos pesados de frutos, o menino ri.

Estende a mão, num aceno. A presença dessa criança misteriosa sempre o alegra. Mas o menino sai correndo e se perde por entre as inúmeras árvores frutíferas do pomar que ele plantou com Juvenal, sem sequer responder a seu cumprimento. Quando ele passa por entre as galhadas com seus pezinhos brandos, as folhas sequer se movem. O menino é mais leve do que esse ar úmido de temporal.

Ele fica horas trabalhando no pomar entre as árvores frutíferas, mas em intervalos regulares volta à casa e descobre como anda a neta. Eulália dá boas notícias: a febre cedeu e Débora dorme.

Duas horas depois, fica sabendo que Débora comeu um pouco de pão e que tomou um copo de leite. Não sente dores e não sangra mais, está tranquila. Ele volta para suas árvores e tenta deixar na terra úmida um pouco da sua angústia. Os limoeiros estão carregados de frutos ainda verdes. Ele navega entre os pés de laranja, as bergamoteiras e as pitangueiras, depois ancora sua ansiedade sobre a parreira farta onde os cachos pesam e exalam no ar um cheiro doce.

Lá pelas cinco, começa a chover. É uma chuva densa, que cai sem avisos, sem vento. Apenas deságua do céu num silêncio de túmulo. Tudo em volta está embaciado e triste, à espera da noite sem estrelas, sem a luz azulada da lua. Ele tem a estranha sensação de que o tempo deixou de correr. Talvez os mortos sejamos nós, pensa. Não os outros lá embaixo. Talvez eu desça e não chegue a lugar nenhum, nunca mais.

Seus pensamentos evolam, vencem os grossos pingos de chuva que batem nas folhas da parreira, escorrendo pelas gavinhas. As plantas encharcadas aceitam a chuva.

Essa conformidade dói nele, faz pesar-lhe as têmporas até que desiste das árvores e volta para casa com os dedos arroxeados do sumo das uvas, um balde cheio de cachos e outro recheado de laranjas, e segue na semiescuridão pensando no alívio que encontrará em dois comprimidos de Tylenol e talvez em meia hora de sono.

Antes de deitar, passa no quarto de Débora. Ela dorme. Eulália está ali, sentada perto da janela, lendo a Bíblia. A luz cinzenta do dia banha suas mãos longas, marcadas pelo trabalho doméstico, e ele não lhe pode ver o rosto.

Pigarreia, avisando-a da sua presença. Sente-se quase tímido de estar ali, quando ela baixa o grosso volume e sorri mansamente. Há alguma coisa nela, esse brilho dentro dos olhos, ele quase poderia chamá-lo de contentamento.

Sorri em resposta, sem dizer nada. Parece justo que Eulália acompanhe a neta de perto nesse caminho de mulheres. O que ele poderia saber desses mistérios todos? Os longos meses de espera, o útero cheio, alargando-se, desdobrando-se. Dois corações batendo num mesmo corpo. E depois a dor. Sim, ele lembra de Júlia, dos gritos de Júlia. Da extrema alegria de Júlia quando a criança soltou seu primeiro vagido.

Ele pergunta pela neta, e Eulália tranquiliza-o. Débora está bem. Na sua voz macia, há um tom peremptório, uma certeza. Como um rio correndo por entre suas margens. Eu cuido disso, seus olhos parecem dizer.

Assim, ele devolve-lhe o sorriso e sai do quarto, fechando a porta silenciosamente atrás de si.

Não é necessário ali. É um homem, e como homem tem que estar lá fora, lutando contra a natureza, matando para comer, percorrendo a densa selva em prol da sua gente, porque nada mudou desde os primórdios da humanidade. Ele não tem serventia naquele quarto, não tem boa mão para as compressas, os partos, as rezas. Amanhã, com ou sem chuva, vai enfrentar o mundo lá fora e sair atrás de notícias de Waldomiro Stobel.

No quarto, ele fica um bom tempo à janela, olhando a noite densa, impregnada de umidade. Tentou localizar Waldomiro, mas nenhum dos seus números responde, e está com um estranho pressentimento. Logo ele, que nunca foi homem dado a previsões que não pudessem ser comprovadas pela matemática. Mais uma vez, pensa em Júlia e acha estranho que tenha começado a parecer-se com ela. Como se Júlia fosse o seu signo ascendente.

Lá fora, a chuva cai em pancadas, cessa e torna a recomeçar, como se estivesse em dúvida dos seus propósitos destrutivos. Sob a luz opaca dessa noite úmida, a mata ao redor parece um cenário, e a montanha, um gigante morto decompondo-se ao relento, cujos contornos ele só pode adivinhar, perdidos entre o breu e a nebulosidade.

Imagina o profundo despenhadeiro silencioso, a vegetação, as macegas afogadas pela chuva. Tudo parado, quieto, exangue. Então tira a camisa e se deita na cama somente com as calças e os sapatos — se alguma coisa acontecer, se Débora precisar de auxílio, ele estará pronto. E já se decidiu: amanhã irá descer a montanha. Vai com o carro até onde der. Depois seguirá a pé.

Quem sabe encontre um médico no caminho, em alguma casa ou povoado da serra. Quem sabe um posto de saúde em funcionamento, qualquer coisa.

E então, pouco depois alguma coisa realmente acontece. Navegando o silêncio da noite, o porteiro eletrônico soa forte. Ele pula da cama e, no escuro, tonto de sono, imagina que o velho está ali, olhando-o. O velho com os mesmos olhos do menino. O velho com os cabelos molhados da chuva.

Acende a luz, seu coração bate forte no peito. Está sozinho no quarto, o velho não veio ou já partiu, pobre velho que tem um menininho dentro de si. Então é isso, pensa, está tão sozinho que nem seus fantasmas vêm mais vê-lo.

Senta-se na cama. Teria sido tudo um sonho? O velho, o alarma do portão? Mas, antes que ordene os pensamentos, o porteiro eletrônico volta a tocar. Tem alguém lá fora, sob a chuva. Alguém esperando para entrar, e só pode ser Waldomiro. Waldomiro Stobel, aquele doido, cuja teimosia nem uma avalanche pode conter.

Sorrindo, ele enfia uma camisa. Desabotoada, a camisa deixa ver os pelos brancos do seu peito magro. Sai para o corredor enquanto seus dedos lutam com os botões, desce a escada de poucos degraus e, na sala, encontra Eulália enrolada no seu robe. Seus cabelos lisos estão caídos ao redor do rosto, os olhos mansos apertados de ansiedade. Ela parece uma daquelas mulheres de antigamente, andando com um castiçal pelos corredores das casas velhas.

— Já passa da meia-noite. Quem será, seu Marcus?

Ele nota o nervosismo na voz dela.

— Não se preocupe, deve ser o Waldomiro com o médico. Vai ver removeram as barreiras.

Ela não retruca, mas seus olhos argutos parecem contestá-lo.

Na cozinha, ele pega o interfone. Eulália segue-o como um cachorro de guarda. Dessa vez ela não emana a paz costumeira, mas uma angústia fina, afiada como uma faca, que endurece os traços do seu rosto.

Enquanto ele diz *Alô* no bocal do aparelho, Eulália faz o sinal-da-cruz. Estão os dois ali na cozinha, pois Juvenal dormiu na casinha que fica mais ao fundo do terreno. O aparelho zune no seu ouvido e, lá fora, o cachorro de Juvenal começa a ganir com desespero.

— Alô — ele repete.

E então, para seu alívio, ouve a voz de Waldomiro Stobel. É uma voz titubeante, atravessada pelo chiado eletrônico, que parece atravessar um continente inteiro para chegar até os seus ouvidos. *Marcus? Chegamos. Você poderia abrir o portão?*

Ele exulta. Dá as boas-vindas com alegria e clica o botão que aciona a cancela automática. Estalidos ecoam na sua cabeça, e ecoam no bocal do aparelho junto com os sussurros de vozes masculinas abafadas pela chuva fina.

— Eles chegaram, Eulália. Waldomiro e o médico, eles conseguiram chegar. Vou lá fora recebê-los.

Ela segura seu braço. Ele sente os dedos magros contra sua pele.

— Espere aqui, seu Marcus... Deixa eles subirem.

Ele devolve-lhe apenas um sorriso, enfia a camisa para dentro das calças e sai pela porta da cozinha. O amigo passou um mau pedaço para chegar ali. Quase dois dias de viagem em condições difíceis, e trouxe o médico. Sim, trouxe o médico, porque ele ouviu outra voz masculina. Assim, o mínimo que tem a fazer é ir recebê-los no caminho.

Diz para Eulália:

— Prepare um café pra eles.

E sai para a noite turva. O céu de nuvens carregadas pesa sobre sua cabeça.

A chuva cai nos seus olhos, na sua boca, nos cabelos. Ele avança no escuro porque esqueceu de pegar a lanterna que fica pendurada ao lado da porta da cozinha. Mas conhece o caminho e segue pela vereda de pedregulhos, descendo até o grande muro de taipa que contorna a propriedade. Suas botas rangem, ele avança lentamente, ouvindo ao fundo os latidos do cachorro de Juvenal.

Ah, Débora, agora vai dar tudo certo.

Vai dar tudo certo, ele repete mentalmente como quem repete um mantra, enquanto segue pela noite até ouvir o chiado de vozes abafadas, um resmungo, um gemido misturado ao barulhinho da chuva e um súbito farfalhar de galhadas sacudidas pelo vento.

Vai dar tudo certo, pensa outra vez. E então vê um foco de luz amarelada e turva dançar no escuro, e vê um vulto alto, magro, enfiado num casaco azul. Só pode ser Waldomiro Stobel.

Ele diz:

— Stobel, nem acredito que você veio!

Sua voz dança no ar úmido até virar silêncio. Como resposta, recebe um ganido. E então, rápido demais para que ele compreenda a sequência dos fatos, com um ruído de terra sendo raspada, num solavanco, o homem de casaco azul cai por cima dele como se estivesse bêbado.

Sem equilíbrio, os dois despencam no chão molhado. Ele cai de lado, sente o rosto sujo de barro, a mão bate numa pedra. Ele experimenta o gosto mineral do sangue. Ergue-se como pode, e agora o foco de luz está sobre seu rosto, cegando-o momentaneamente.

— Fica parado aí — diz uma voz no escuro.

Não é a voz de Waldomiro, é uma voz nova, tensa, uma voz que desdobra as vogais, prolongando cada palavra.

Ele pisca uma, duas vezes. E então vê o homem caído no chão ao seu lado, que agora tenta se sentar. É mesmo Waldomiro Stobel, o professor, o colega, o cara que criou os neurônios que fazem funcionar a sua pequena casa azul. Waldomiro tem um olho machucado, e o casaco (agora ele pode vê-lo e o reconhece de outras viagens à serra) está com a lapela rasgada.

— Mas o que houve? O que está acontecendo aqui?

Sua voz treme um pouco. Suas pernas começam a doer, como se tivesse feito um longo exercício.

Waldomiro Stobel ergue o rosto para ele.

— Desculpe — geme baixinho. — Eles me obrigaram a apertar aquele botão.

Eles quem? Quer perguntar, mas não dá tempo. Agora, sob o foco da lanterna, surge à sua frente uma pistola. O cano negro brilha, úmido de chuva. Reconhece rapidamente a arma, uma Taurus calibre 38. E atrás dela um homem moreno, com a barba por fazer, usando um boné com a aba virada para trás, como um desses adolescentes problemáticos dos tantos que foram parar na sua sala de aula durante os anos em que lecionou.

Ele levanta as mãos sem dizer nada. A pistola aproxima-se do seu peito. Imagina o estrago de um tiro: a bala numa velocidade de 650 km/h perfurando seu pulmão, rasgando suas vísceras, explodindo suas veias. Tenta concentrar seus pensamentos, focalizá-los num plano de ação, mas o metal encosta na sua carne e emana um calor angustiante. Entre sua pele e o metal, apenas o tecido leve da camisa.

O que quer esse homem? Como encontrou Waldomiro, e onde estará o médico? Tem outra coisa que o incomoda: Waldomiro disse "eles". *Eles me obrigaram a apertar aquele botão.*

O homem faz a pistola dançar no escuro à sua frente e diz:

— Fica calmo, meu, que tudo vai dar certo.

Percebe que ele fala com tranquilidade. Não está drogado, o que é um alívio. Tenta olhá-lo nos olhos, mas o foco da lanterna dificulta tudo. Ele se sente num palco iluminado. Iluminado e silencioso, porque o cachorro de Juvenal soltou um longo ganido e de repente parou de latir.

— Está tudo bem — responde cauteloso. — O que você quiser, o que você quiser.

O homem faz um gesto com a arma.

— Levante seu amigo.

Com a permissão do outro, ajuda Waldomiro a ficar em pé. Espanta-se com sua aparência: molhado, sujo de barro, os olhos esbugalhados, parece um bêbado de rua. Waldomiro Stobel olha-o com desespero, mas sua boca vincada não diz nenhuma palavra.

Ficam os três ali, parados na noite. Ele pensa em Débora lá dentro, no quarto. Débora e sua barriga de oito meses. Ela é apenas uma menina que cresceu rápido demais... Sente medo por Débora, um medo terrível, paralisante, um medo que jamais sentiu.

No escuro, as lágrimas começam a correr dos seus olhos ardidos. Ele afrouxa um pouco o corpo. Ao seu lado, o calor do corpo de Stobel. Tocam-se por um momento, é um alívio ter Waldomiro por perto.

Depois de um longo silêncio, ouve um ruído de passos à sua direita. Ele vira a cabeça levemente e vê, para os lados da casa de Juvenal, uma luz que avança, trêmula, furando a densa escuridão da noite. Então entende tudo.

Um minuto mais tarde, o outro assaltante chega, trazendo o caseiro sob a mira do seu revólver. Juvenal e ele trocam um olhar longo, cheio de desalento. Estão sozinhos ali, reféns desses dois homens, e ninguém pode dizer o que vai acontecer.

9.

Os três são levados para dentro da casa, onde Waldomiro entra cambaleando, embora tente ajudá-lo a manter-se em pé. Mas Waldomiro parece ter envelhecido vinte anos e não controla os tremores das pernas. Apesar da sua ajuda, tropeça numa cadeira. O barulho atrai Eulália, que vem do quarto, vestida de maneira estranha: uma camiseta de Débora e calças de moletom.

Ao contrário dos homens, Eulália parece tão calma como se tudo estivesse seguindo as marcações da cena de um roteiro. Ela chega, pisando leve, a Bíblia gasta embaixo do braço. Provavelmente percebeu o assalto. Sim, uma boa mulher. Uma mulher com a cabeça em cima dos ombros, como dizia sua mãe.

Ao vê-la, o mais jovem dos dois, o que usa o boné, mostra-lhe a arma e faz um gesto para que ela se una aos demais.

— Nem um pio — ele diz. — Nem um pio e vai dar tudo certo. A gente só quer ir embora sem machucar ninguém.

Vê Eulália aquiescer mansamente e ir ao seu encontro, dirigindo-lhe um olhar firme, límpido. Surpreendentemente, ela segura sua mão. E então compreende: Eulália está fingindo que os dois são um casal. Que o outro quarto, o quarto de Débora, é ocupado por ela. Assim as roupas femininas se explicam, e eles não sairão atrás da sua neta. Quase pode ouvir sua voz mansa nascer do silêncio e dizer, ela está bem. Suspira aliviado. Qualquer que tenha sido o subterfúgio usado por Eulália, Débora vai estar melhor do que ali. Perto deles, Juvenal tem os olhos baixos. Ele se pergunta se o outro compreendeu a atitude da esposa.

Os dois homens conversam baixinho. São tipos comuns: o mais jovem, de boné, cabelos escuros e olhos miúdos, é menos assustador; o outro, com uma calvície incipiente, é magro e delgado como um réptil, silencioso. Não gostaria de ver a neta perto deles. Não gostaria de ver esses dois pares de olhos postos nela, no seu rosto bonito, nos seus olhos verdes. Débora está grávida, é verdade, mas há toda espécie de loucura no mundo, e, diante disso, dessa impossibilidade, desse vácuo, sente-se um velho no final do caminho. Não, não quer ter vivido até ali para ver esses dois homens fazerem mal a Débora.

Agora estão os quatro parados no meio da pequena sala, apertados uns contra os outros. Quatro velhos, que triste butim. E Waldomiro Stobel treme como se estivesse com Mal de Parkinson no último grau, enquanto os dois ladrões se revezam: um sai para reconhecer a casa, abrindo armários, gavetas, puxando cobertas para fora das prateleiras, jogando livros no chão — a membrana da sua vida exposta assim, desse jeito —, o outro, o que tem ares de réptil, aponta o 38 para a cabeça de Marcus.

— Isso aqui é o quê? Uma espécie de asilo? — pergunta o mais moço, balançando sua Taurus, depois de derrubar no chão toda a pilha de livros do Philip Roth.

Ninguém responde. Ele pensa, isso aqui é meu refúgio, o refúgio da minha neta. E sente vontade de recolher os livros: *Pastoral americana* caiu aberto ao meio perto dos seus pés. Mas o cano da pistola está a poucos centímetros da sua têmpora direita. Nada mais enfático do que isso.

Nesse momento, o assaltante de boné surge de lá de dentro com o seu computador embaixo do braço.

Dá um risinho e diz:

— Os velhinhos são tecnológicos, meu chapa. — Revira o notebook e arrisca: — Parece bem moderno.

Vão empilhando coisas sobre o sofá da sala. Um computador, depois outro, aquele que ficava no quarto de Débora, um aparelho de CD. O dinheiro que ele guardava numa gaveta da cômoda, pouco mais de três mil reais, desaparece no bolso da calça Lee de um deles, junto com seus cartões de crédito.

Dois casacos de couro e algumas peças de roupa quente vão para a pilha de coisas sobre o sofá. Depois, sua aliança de casamento, anéis de Débora, que eles provavelmente pensam ser de Eulália. Uns ladrõezinhos baratos. Uns idiotas armados. Por causa de um desses casacos que ninguém nunca mais vai usar porque o planeta está se superaquecendo vertiginosamente, um deles seria capaz de cuspir uma bala na sua cabeça, ou na de Juvenal. *Pum*, apenas um segundo, o dedo movendo-se no gatilho. E seria o fim. Pensando bem, a coisa toda é de uma simplicidade medonha.

Depois de algum tempo, enquanto os quatro esperam em pé, o saque é reunido num canto da sala, e o careca diz:

— Tem a casa do caseiro. Vamos dar uma olhada por lá.

Outra vez, o mais moço empunha a arma contra seu rosto:

— Alguém aqui deve ter carro.

— Eu tenho — ele responde numa voz sem emoção. — Está na garagem, com a chave na ignição.

— A boa gente do interior... Tem gasolina no tanque? Senão não adianta, não há gasolina pra vender, meu chapa. Se não tiver gasolina, a gente toca fogo nele e faz uma fogueirinha de São João.

— Está com o tanque cheio.

Que levem o carro, que dirijam até a primeira barreira caída. Tudo que quer é ver Débora, abraçá-la, sabê-la fora de perigo. Só de pensar nela, seus olhos ficam cheios de lágrimas. Mas ele não vai chorar na frente desses dois escrotos, então engole a saliva salgada, a revolta, o medo.

Porém, alguma coisa desse sentimento, desse calor que Débora traz à sua alma, alguma coisa escorregou para os seus olhos. Porque ele sente a pressão da arma na sua têmpora outra vez, e ouve:

— Agora chega de choro, meu velho. Vocês vão lá pro quarto enquanto a gente vasculha o resto do lugar, e não precisam agradecer a gentileza. Mas se comportem, porque quem soltar um ai acaba como o cavalheiro lá do portão.

Ao seu lado, ele sente que Waldomiro tem um longo estremecimento. Então pode juntar todas as peças. O pânico de Waldomiro, os tremores, o sumiço do tal médico que deveria estar ali. Ao mesmo tempo, obedece à ordem do cara com o boné: eles devem seguir em fila e de olhos baixos para o quarto.

No caminho, o ladrãozinho titubeia, não sabe qual dos quartos escolher. Por fim, empurra-o para o lado do quarto de Débora. Juvenal, Eulália e Waldomiro vão atrás dele sem dizer palavra.

Poucos passos, o pequeno corredor e cinco degraus. O rapaz de boné liga o interruptor do quarto, depois vai até a varanda, tranca a porta dupla de madeira e enfia a chave no bolso. Escolheu aquele quarto porque dá para a montanha. Por mais que gritem, só as rochas hão de ouvi-los.

— Todo mundo encostado na parede.

Sente os olhos dele, ferozes, correndo pelos quatro rostos enrugados. Não há um laivo de piedade nesse olhar, um olhar exausto, angustiado, cheio de revolta. Vê ele levantar o braço livre, o outro braço segura a arma sempre à altura da sua cabeça. O interruptor é acionado, e a luz se apaga suavemente.

A porta se fecha, e os quatro ficam ali, no escuro.

Paira no ar um perfume leve, o cheiro de Débora, dos seus cremes e xampus. Mais no fundo, flutua um bafio acre, talvez Waldomiro tenha urinado nas calças.

Ele fecha os olhos e tenta pescar o perfume de Débora no meio dos outros odores, sentindo-se mais perto dela. Recosta-se numa parede e deixa o corpo escorregar até o chão, aliviando a dor das pernas. Não se dá ao trabalho de acender a luz outra vez. Os quatro ali, parece mais fácil estar no escuro. Mastigar isso no escuro. Atrás dele, um riso masculino, debochado, perde-se no silêncio agourento da noite lá fora.

Então é isso. *O cavalheiro lá do portão.* Como um quebra-cabeça, vai unindo uma peça à outra. A viagem de Waldomiro, a súbita chegada no meio da noite. O cano da arma ainda quente tocando o tecido da sua camisa. Pensa em Débora lá fora, em algum lugar, e sente um espasmo de medo, a boca seca.

Ele ouve as respirações dos outros, quase-murmúrios. Um chiado trêmulo, angustioso, o pobre Waldomiro; e depois os respiros contidos de Juvenal e de Eulália.

Chama pelo amigo numa voz baixa, cautelosa.

— Eu nunca imaginei... Me desculpe. — A voz de Waldomiro oscila, subindo e descendo pelas sílabas, como um daqueles velhos aparelhos de som tocando um disco na rotação errada.

— Ninguém poderia saber — ele diz.

— Cadê a garota, sua neta?

Pés arrastam no chão, um suspiro se apaga no ar.

É Eulália quem responde:

— Eu fiz ela fugir pela varanda. Vi vocês de longe... Não sei bem por que, mas não gostei dessa chegada no meio da noite... Aí mandei a menina vestir um casaco e ir lá pro viveiro. Tem um toldo sobre as mudas novas, se ela ficar embaixo, está protegida da chuva. Depois eu mesma vesti uma roupa dela pra disfarçar.

Ele está sentado no chão. Como um menininho de castigo. Seu ouvido vai captando as palavras de Eulália, vai digerindo-as com alívio. Débora está lá fora, longe demais da curiosidade dos dois ladrões, e, se tudo correr bem, a neta vai ter, no máximo, um resfriado. Comparando as possibilidades, e pensando nos olhos do assaltante mais velho, aqueles olhos duros, secos, a chuva lhe parece absolutamente inócua.

Sente o movimento dos corpos ao seu lado. Estão todos sentados juntos, encolhidos.

— E se eles encontram a menina? — pergunta Waldomiro.

— Não encontram — diz Eulália. — Lá no viveiro só tem mudas. E esses dois aí são da cidade, têm medo de vagar por aí de noite. Eles querem dinheiro e gasolina.

— Mas eles precisam partir antes que amanheça. Com o sol claro, vão vagar por aí.

Sem uma palavra, Waldomiro rompe num choro dolorido. O choro vai saindo em solavancos ritmados. Ele espera um pouco, respirando entre as ondas desse pranto. Espera que Waldomiro expulse um pouco do seu horror.

Depois, quando o choro parece amainar, pergunta:

— Mas como foi que...

Mesmo no escuro, pode ver Waldomiro assoando o nariz na própria camisa. Ninguém se espanta.

Waldomiro suspira e diz:

— Nós vínhamos a pé... Houve uma espécie de avalanche, a estrada ficou interrompida em dois trechos. Não dava pra seguir em frente nem pra voltar... Tranquei o carro, o Arthur pegou as nossas coisas e vínhamos caminhando.

Ele faz uma parada para tomar fôlego. O silêncio desses segundos parece interminável, até que Waldomiro Stobel retoma a narrativa:

— Chovia muito e estava tudo tão, tão diferente... Por causa da queda de terra. Fiquei confuso com o caminho. Aí encontramos esses dois. Achei que estavam na mesma situação

175

que nós. Eles foram simpáticos, deram a entender que subiam a serra. Seguimos juntos a tarde inteira. O Arthur estava preocupado com a Débora... A noite caiu, eles tinham uma lanterna e nós não. Quando estávamos quase aqui, o mais alto deles sacou a arma. Disse que era um assalto, que não devíamos reagir. Mas o Arthur tentou dominá-lo...

— Aí ele atirou.

— O Arthur morreu na hora. O corpo ficou lá na estrada, na frente do portão.

A voz de Waldomiro estanca subitamente. Sua cabeça se enche de imagens. O corpo sob a chuva, caído na estradinha de terra. Em dias normais, um carro de polícia talvez passasse por ali. Mas agora não, agora está tudo de pernas pro ar. E falta gasolina para as patrulhas.

Eulália começa a rezar. Em voz baixa, murmura um painosso. Ele tenta recordar alguma reza hebraica, mas sua cabeça é oca, pesada. A imagem do corpo sob a chuva vai ter que ficar sem oração.

Por outro lado, aquele que morreu está perdido. É preciso pensar no que virá. É preciso pensar em Débora e no bebê. Os dois assaltantes devem partir antes de clarear o dia. Não há comida lá fora, as lojas estão fechadas ou com falta de produtos, a estrada para a cidade ficou interditada. Se eles permanecerem na casa, vão saquear o pomar e a horta, e aí encontrarão o esconderijo da neta.

Ele levanta-se com súbita energia. Agora chega disso. Agora vamos tomar uma atitude. No escuro do quarto, tateia até encontrar o interruptor.

A luz súbita cega-os por um momento. E então pode vê-los: três seres humanos já passados da meia-idade, sentados no chão, pálidos de medo. E lá fora começa a chover novamente.

Ajoelha-se na frente de Waldomiro e segura suas mãos frias. Conhece-o há mais de dez anos, mas nunca lhe segurou as mãos antes. Quatro mãos de homem, ásperas, duras. Mas é bom. Sob a luz, o rosto do amigo parece ainda mais devastado, sulcado de rugas e sujo de terra.

Waldomiro olha-o nos olhos.

— Eles me bateram e me arrastaram até o portão, Marcus. Tinham acabado de fazer aquilo com o Arthur...

Abraçam-se, e esse é outro contato inédito na vida deles. Waldomiro Stobel treme entre seus braços, e ele treme também. De raiva, de medo, de tristeza. De vergonha de nunca tê-lo abraçado antes, com tantas datas festivas, tantos aniversários e promoções na carreira.

Esse abraço tardio o emociona. Ele não suporta isso, não de novo. É preciso manter a mente fria. Assim, ergue-se e caminha pelo quarto, a cabeça cheia de pensamentos.

Seus olhos vagueiam entre os móveis cuja nitidez a lâmpada parece expor com crueza. Vê a cama desarrumada, as pregas no lençol, a escrivaninha com suas marcas de caneta. As roupas de Débora foram reviradas. Ele vê duas camisetas atiradas no chão, um caderno aberto como uma grande borboleta morta cujas asas tivessem desbotado. Meias, uma sacola de fraldas descartáveis que a neta trouxe da cidade. Começa a juntar as coisas com energia, empilhando-as sobre a cama.

Dobra as camisas de Débora, une um par de meias. Pela primeira vez em anos, Eulália não se antecipa para assumir as tarefas femininas desse lar de mentirinha. Ele olha-a: sentada no chão ao lado do marido, ela chora e reza baixinho. Aparentemente, a existência de um morto lá fora derrubou sua fortaleza de fé.

Mas não tem problema. Ele vai achar um jeito. Talvez quebrar a porta da varanda, pular, ir atrás da neta. Com um pouco de sorte, aqueles dois desgraçados partirão levando seu carro e os outros pertences. Pode até mesmo vê-los seguir pela chuva até a próxima barreira... Matarão outros, vilipendiarão lares, cuspirão em novos rostos... Essa é a rotina. O mesmo deve estar acontecendo em Porto Alegre: ladrões saqueando as casas que ficaram debaixo d'água. Tudo parado, um caos público, mas os impostos seguem vencendo em dia.

Ele vai pensando nessas coisas enquanto recolhe alguns lápis coloridos, um batom, as roupas íntimas de Débora. Toca na renda negra de um sutiã e sente certo constrangimento, ainda pensa na neta na cama com André. Pensa na neta fazendo esse filho que agora ele ama, mas mesmo assim tudo parece muito triste. Ele afasta essa velha imagem da alma, pega a pilha de roupas dobradas e vai devolvê-las ao armário.

Sobre a madeira nua no fundo da prateleira do armário que ele mesmo fez para a neta, estão duas fotografias. Pega-as sem curiosidade, mas seus olhos encontram dois rapazes. Dois rostos impressos no papel. Um, ele conhece. É o André. No meio de uma das tantas brigas que teve com Débora, ela mostrou-lhe um retrato do suposto pai do seu filho. Mas a outra fotografia fica dançando entre seus dedos. Um jovem bonito, de sorriso cético, os olhos azuis.

Ele fica um tempo olhando essa fotografia sem entender. Desse outro nunca ouviu uma palavra. Ele tem um sorriso amplo, um ar de deboche paira no fundo das suas retinas.

Passa em revista as conversas que teve com Débora, recorda certos silêncios, os olhares. Um estranho presságio cresce em seu espírito, enquanto o jovem loiro de olhos azuis permanece estático, flutuando congelado no tempo da fotografia.

Está nisso quando ouve vozes se aproximando da casa. Sente um arrepio de repulsa, os músculos do seu pescoço se retesam, ele fica quieto, à espreita. Então enfia as duas fotos dentro do armário outra vez, sob a pilha de roupas recém-dobradas.

— Eles voltaram — diz Juvenal em voz baixa, pondo-se em pé, alerta como um cachorro ovelheiro que pressente a chegada do lobo.

Eulália começa a rezar. As palavras macias, murmuradas, rolam no ar, mas incomodam-no.

— Você acha mesmo que Deus está ouvindo?

— Deus é todos nós — diz Eulália. — Deus também é esses dois aí fora. Ele está ouvindo com certeza.

Waldomiro olha-a como se ela fosse louca:

— Eles mataram o Arthur.

Eulália dá de ombros, como se Deus fosse um menino imprevisível, por cujos atos ela não pode responder. No entanto, há uma certeza no rosto dela, como se a mulher soubesse o fim daquilo tudo.

Ele sente uma súbita vontade de rir, mas não sabe explicar o motivo, talvez seja simplesmente o medo. Waldomiro desvia os olhos da figura de Eulália, as mãos juntas em oração, e fica tremendo no seu canto, em silêncio, como um menino velho demais que alguém colocou de castigo num canto da sala de aula.

Então tudo termina subitamente.

Eles ouvem as vozes dos dois homens aumentarem, ouvem as vozes subindo pelo ar fresco da noite e alcançando seus ouvidos com incrível nitidez. Ouvem ruídos na casa, passos que se arrastam sobre o piso de madeira reflorestada sobre o qual ele se debruçou durante incontáveis horas, aplainando, medindo, encaixando peças machos e fêmeas. Quebrando o silêncio letárgico que os quatro dividem, ele vê o caseiro levantar-se e apagar a luz do quarto outra vez. É melhor que sejam esquecidos ali, Juvenal tem toda razão.

Se fechar os olhos, pode vê-los carregando as pilhas de roupas, os dois computadores, o iPod, a comida guardada no armário da cozinha, os galões de água. Vão levar tudo que seja útil nesses tempos difíceis, mas não conseguirão andar mais do que alguns quilômetros até a primeira barreira caída. Ou conhecem algum atalho, ou, quem sabe, são gente da região.

A casa mergulha num súbito silêncio que dura alguns angustiosos minutos. Lá fora, na noite úmida, os ruídos dos insetos são um murmúrio mais leve do que o sereno que cai do céu. Essa aparência de paz e tranquilidade é subitamente quebrada pelo motor do carro, cujo ruído avança até perto deles.

Os dois homens subiram com o carro pela alameda, ele tem certeza disso. Enquanto Eulália e os outros estão sentados num canto do quarto à espera, ele avança cautelosamente até a porta da varanda e cola seu ouvido na veneziana de madeira.

Por um instante, antes ainda de captar qualquer movimento dos ladrões lá fora, como num passe de mágica, sente a vibração de outro ser para além da folha de madeira que o separa do mundo. Força os olhos pelas frestas e, piscando, vê o vulto do menino recortar-se contra a madrugada da montanha. A cabecinha castanha bate à altura da sua pélvis, quase pode sentir a textura dos seus cabelos. Lá embaixo, como duas estranhas conchas marinhas pré-históricas, vê os pezinhos brancos enfiados nas botinas. Percebe o calor desse outro corpo emanando-se contra suas pernas, vibrando de encontro à sua própria carne. É como se o menino tentasse adivinhá-lo, enquanto ele busca compreender o que sucede lá fora. Nunca esteve tão perto do menino antes, e agora, mais do que nunca, tem certeza de que ele existe.

Enquanto escuta o barulho dos dois assaltantes guardando o fruto do roubo no porta-malas do seu carro, não resiste a um estranho impulso: enfia o dedo mínimo entre as frestas da veneziana da varanda.

A ponta do seu dedo se esgueira para fora, tentando tocar nesse outro corpo, na carne desse menino que vem vivendo ao seu lado, dia após dia, tão perto e tão longe, como se estivesse em uma outra dimensão. Mais do que alcançar o outro lado da folha de madeira, ele quer tocar a própria fímbria do tempo: esse menino que, qual um pássaro, pousou na sua vida, talvez egresso de um passado que ele não mais recorde, ou ainda, vindo do futuro, o bisneto que cresce nas entranhas de Débora.

Lá fora, o ruído seco das portas do carro que se fecham. Depois o chiado das rodas sobre a grama, devastando os canteiros de flores enquanto os pneus giram sobre a relva ensopada pela chuva da última semana.

Seu dedo se mexe na fenda da persiana e arranha-se numa felpa de madeira. Sente o sopro fresco da noite, mas o resultado é desanimador. Ele recolhe o dedo, puxando-o delicadamente, enquanto lá fora o ruído do carro vai diminuindo até sumir.

O menino desapareceu novamente, desfazendo-se no ar como uma miragem no meio do deserto. Mais uma vez, quebrou as regras desse relacionamento misterioso.

Ele vira-se e diz numa voz serena:

— Foram embora.

Nesse instante, uma luz nova desabrocha lá fora. Talvez não seja nem uma luz, mas a semente de um brilho róseo que prenuncia a chegada da aurora. A noite correu para o seu fim. Uma longa noite, a mais longa da sua vida.

Ele vê Juvenal erguer-se do seu canto e, num impulso cheio de raiva, dar um chute certeiro na porta do quarto. A porta range longamente, tal um animal ferido, enquanto as dobradiças se abrem e fachos de luz penetram no quarto abafado, depois cai com um único estrondo sobre o piso do corredor.

10.

Pressente-a antes mesmo de vê-la. E depois Débora é uma mancha rosada entre o verde vegetal e o barro.

A pouca luz que vem do céu, essa cor sépia que parece deitar sobre o mundo uma quietude de catedral, sequer a tocou: Débora está agachada sob o toldo de lona escura num canto sombreado do viveiro, entre dois pés de angico-vermelho, a roupa suja de um barro vivo, tinto como sangue. Enquanto caminha para ela, acelerando o passo, o nome lhe vem à cabeça, *Anadenanthera macrocarpa*. Essa madeira forte, resistente à água, ao peso, ao lento gastar-se dos anos. Essa árvore tão comum no Sul, cujo nome lhe ficou para sempre gravado na alma por causa de Érico Verissimo.

Ele corre agora, enfiando na lama os pés calçados em galochas, e o barulho pegajoso chega aos seus ouvidos como se viesse de muito longe. Débora está de olhos fechados, dormitando, e ele quase pode ouvir seus sonhos.

Avança, desviando-se das mudas de árvores com seus galhos pontiagudos. Quando se vê a poucos metros dela, chama baixinho:

— Débora.

Ele sente que sua voz oscila um pouco, tanto que repetiu esse nome mentalmente nas últimas horas dessa noite maldita.

Sob seu olhar, ela tem um levíssimo sobressalto, os ombros brancos tremem, as costas arqueiam-se: Débora resvalou para fora do seu manto de sonhos, está outra vez nesse mundo úmido e perigoso.

Ela vira-se, finalmente seus olhos se encontram. Ele pode sentir uma onda de calor descendo pelo seu corpo. Ouve a voz dela chamando seu nome, uma voz fina, trêmula. Uma voz de menina.

Num minuto, estão abraçados, juntos. Ele sente seus braços frios, os cabelos úmidos de sereno. A barriga é uma espécie de ilha entre seus torsos, separando-os num abraço impossível, mas também unindo-os como um nó. Fica ali, segurando-a, essa menina que é também Laura, que é Júlia, a herança que lhe ficou.

— Ai, vovô, eu tive tanto medo. Aqui no escuro, eu não podia ver nada, saber nada... Pensei tanta coisa — diz Débora, e um soluço rebenta na sua garganta.

Débora chora, um choro ondulante, dolorido como um tapa. Ele afaga seus cabelos. Do fundo da sua memória surge uma cantiga esquecida. Como quando Laura era pequena e tinha pesadelos.

Eles ficam ali por algum tempo. Longos minutos mornos, estendidos. O peito subindo e descendo mansamente, enquanto ela libera seus últimos suspiros como uma tempestade que se esgota em si mesma.

Por fim, ele cessa de cantarolar.

— Está tudo bem, Débora. Ficou tudo bem.

— E Eulália, e os outros?

— Ninguém se feriu.

Imediatamente pensa no médico que veio com Waldomiro. Mas Juvenal foi lá fora. Juvenal com seu sangue-frio e dois metros de lona preta. Como não cortaram o fio do telefone, Eulália chamará a polícia. Mas ele não quer falar disso agora, não quer que Débora saiba o que aconteceu.

Segura as mãos dela entre as suas.

— Vamos voltar, meu bem. Você precisa de um banho quente.

Ela sorri. Apoiando seu corpo ao dele, caminha com dificuldade. O chinelo de feltro com que fugiu está completamente sujo de barro, imprestável.

Depois de alguns metros, ele pega-a no colo.

Débora diz:

— Você está muito bem para alguém que vai ser bisavô, Marcus.

Os primeiros raios de um sol tímido iluminam o rosto dela, fazendo cintilar o verde dos seus olhos. Ele sorri e pensa consigo mesmo: ela é uma menina corajosa.

— Só porque eu disfarço bem o meu reumatismo, não significa que eu seja jovem e forte. Sou um orgulhoso velho de sessenta e três anos.

Em seus braços, Débora fecha os olhos.

Uma densa névoa principia a emergir do precipício que circunda a montanha, como o bocejo de um grande monstro engolindo tudo com seu hálito. A névoa vem lamber seus pés, escondendo a vegetação rasteira.

Subitamente, Débora abre os olhos e mostra um grande vergão vermelho em seu braço esquerdo.

— Uma abelha me picou.

Sorri para ela. Tarde, talvez tarde demais, ele pensa, mas aprendeu a sentir-se bem neste papel. E diz:

— As abelhas gostam dos angicos, meu bem. Vamos aplicar uma compressa. Eulália deve estar doida para cuidar de você.

Ele entra no caminho de cascalhos e vê a casa azul em meio à bruma dessa manhã estranha.

Ao fundo, longe, imagina o promontório cercado por um oceano de denso vapor. Pensa que o menino deve estar lá. Ele está lá esperando que o dia cumpra a sua sina, um passo a menos até que chegue o momento de ele viver seu próprio destino. Viver fora desse ventre que ora balança sob seu queixo como a corcova de um estranho camelo.

Estão a poucos metros da casa. Ele afunda os pés no barro e recorda a fotografia que encontrou entre as coisas da neta. O rosto alegre, de olhos azuis. Aquele desconhecido entre as camisetas e roupas íntimas. Mas afasta esse pensamento e o que faz é seguir em frente, dando de si suas últimas energias. Ao redor deles, tudo é denso e vegetal, de um silêncio intrincado, quase enigmático.

As opiniões de Eulália sobre os desígnios divinos e sobre a culpa dos humanos podem ser um tanto misteriosas, mas na vida cotidiana ela age com perfeita eficiência.

No pouco tempo em que esteve fora da casa para resgatar Débora, coisa que ele quis fazer sozinho, Eulália já recolheu a bagunça que os assaltantes deixaram espalhada pela sala. O chão parece ter sido varrido das pegadas de barro, o sofá foi espanado. As estantes, reorganizadas, mostram os espaços vazios das coisas que foram levadas.

Na cozinha, porém, a porta entreaberta ainda deixa ver os restos da busca feita pelos ladrões: caixas rasgadas, leite derramado, armários desfalcados e cacos de vidro pelo chão.

Ele entra com Débora no colo. A sala está vazia, mas pode ouvir a voz de Eulália vindo da cozinha. Ela fala baixo com algum policial da pequena delegacia serrana. Descreve os dois assaltantes com detalhes primorosos. *Um deles não era daqui*, escuta Eulália dizer. E depois a resposta, *por causa do sotaque*. Coisas como camisa "vermelha com debrum em azul" e "careca, com uma mancha amarronzada perto da orelha direita" vão parar na ficha que o policial preenche do outro lado da linha.

Ele diz para Débora:

— Chegamos, meu bem. Você pode ver que tudo está igual. Quer dizer, igual mas sem os computadores, o iPod e o carro.

Débora apoia-se sobre os dois pés, depois parece oscilar um pouco, como uma árvore cuja copa é balançada pelo vento.

Toma-a nos braços e leva-a até o sofá.

— Fique aqui. Você está fraca. Precisa de comida e um banho quente.

Na cozinha, a voz de Eulália silencia. Um minuto depois, enquanto ele luta com as meias embarradas de Débora, ela entra na sala com uma bandeja e um copo de leite.

Quando vê a menina, seus olhos pequenos ficam úmidos. Ela larga a bandeja sobre a mesinha e abraça Débora por um longo minuto. Mas é uma mulher discreta, e sua voz ecoa, límpida, ao final desse abraço:

— Tem leite aqui, minha querida. E vou pôr água quente na banheira. — Depois vira-se para ele e acrescenta: — Vou buscar alguma comida lá em casa, seu Marcus. Aqueles dois não devem ter tido tempo de saquear os meus armários também.

Ela age como se houvessem ficado sem energia ou algo assim tão prosaico quanto isso, não como se assaltantes tivessem roubado a casa e matado um visitante no portão.

— E o Juvenal? — ele pergunta.

Um brilho frio passa pelos olhos de Eulália. Sente que ela se arrepia como um gato.

— Está lá fora, arrumando as coisas. E o seu Waldomiro eu pus pra deitar um pouco no seu quarto.

É só isso que dizem. Há um acordo tácito para poupar a menina dos detalhes sórdidos. Ele sabe que a polícia virá, fará perguntas, investigará. Afinal, há um morto envolvido neste caso. Mas, quando chegarem, Débora estará dormindo em seu quarto. E é só nisso que ele pensa. Em livrar Débora. Parece grotesco envolver essa menina em qualquer assunto relacionado à morte.

Ele deixa que Eulália cuide da neta. Quando ela termina o leite do copo, a mulher ajuda-a a caminhar até o banheiro. Elas andam devagar. Depois, com um leve *clic*, a porta do banheiro é trancada, e as duas mergulham nesse misterioso mundo à parte, o qual ele não foi preparado para adentrar.

Pensa em ouvir alguma coisa cálida, que relaxe seus músculos, que o aconchegue. Chopin. A música predileta da mãe. Sim, ele adoraria ouvir Chopin, mas então lembra que seu computador foi levado embora, e o aparelho de CD também. Vai ter que ficar imerso nesse silêncio infeccionado pela lembrança do assalto. Um estranho silêncio, aliás, porque o sol brilha lá fora, o sol agora venceu a espessa bruma, mas nenhum pássaro canta nas árvores. Apenas o nada revoa entre as folhas, como um lamento mudo. Ele cogita o fato de os pássaros terem subido para um lugar ainda mais alto, talvez os deslizamentos os tenham espantado. Ou talvez seja o fim do mundo. Talvez nesse momento a última parte das geleiras da Groenlândia tenha escorregado para o mar, como um derradeiro rio de águas frias.

Acorda algum tempo depois, em pânico. Dormiu no sofá da sala, sem se mexer. Sua cabeça dói, seu coração vai aos trancos, dando sinais de que é um músculo cansado disso tudo, desse eterno bombear perante os espantos da vida.

Talvez seja outro daqueles ataques, então ele fica quieto, quieto como um bebê enrolado num xale, suando frio. Sente o sangue circulando dentro de si, sente que suas têmporas latejam. Fecha os olhos, e assim pode ver o menino. Seu pequeno fantasma. Talvez um anjo da guarda.

Tem vontade de falar com o menino na quietude do seu pensamento, perguntar-lhe quem, afinal de contas, ele é. Mas então uma porta range no mundo, um sopro de vento balança a galhada dos angicos lá fora, faz sacudir a folhagem das araucárias que sobem pela pele rochosa da montanha, e o menino ausenta-se da sua mente. Desaparece.

Ele abre os olhos e Juvenal está parado ao seu lado na pequena sala. Parece mais velho e mais desolado do que ontem. O evento causou-lhe novas rugas nesse rosto tingido de sol. Ele vê que as calças de Juvenal estão sujas de barro, que da sua testa brota um suor escuro de pó. Olha as mãos crispadas, procurando algum sinal de sangue, mas não vê nada. São limpas como as mãos de um sacristão.

— Estão lá fora — diz Juvenal, simplesmente.

Ele senta-se no sofá. Está confuso como se tivesse bebido uma garrafa de conhaque.

— Eles quem? — pergunta, a voz pastosa.

— Três policiais. Querem falar com o senhor.

Ele vê o corpo no chão.

Um homem na casa dos quarenta anos, moreno, alto, deitado em decúbito lateral, um braço aberto num ângulo de noventa graus, como se tivesse tentado se agarrar a um apoio inexistente antes de cair no precipício sem volta. A face com os traços congelados numa expressão de incredulidade. Parece que o morto está se vendo a si mesmo.

Ao lado do cadáver, dois policiais de fardas de um tom pardo fazem anotações e falam em voz baixa. Faz calor. Talvez chova mais tarde.

Ele caminha devagar, olhos fixos no corpo. Não, não é mais uma pessoa que está ali. É estranho, porque não se conheceram. Esse homem morreu à porta da sua casa, esse homem que veio ajudar sua neta. Por um momento, antes de olhar o policial que está a sua espera, ele pensa que, se tudo tivesse sido diferente, se os dois assaltantes tivessem abordado outras pessoas, esse homem e ele estariam agora almoçando à mesa da cozinha, e talvez contassem fatos passados. Talvez ficassem amigos, ou poderiam ter-se descoberto avessos à companhia um do outro. Mas nada disso jamais será provado.

Sobre a terra escura, a realidade deixou uma crosta de sangue seco, onde moscas se refestelam desrespeitosamente. A camisa azul que o morto veste tem um buraco de bala e, ao redor, como uma estranha ameba paralisada, uma grande mancha de sangue.

Um policial de barba estende-lhe a mão.

— Lamento pelo que aconteceu.

Ele agradece. Com esforço, recolhe os olhos desse cadáver no caminho de cascalhos e pousa-os no rosto severo do policial que diz, esses saques estão ficando mais comuns, a falta de gasolina, de comida, as chuvas.

— As pessoas estão perdendo a cabeça — acrescenta o homem. — É uma pena, essa região era um lugar pacato.

Outra vez ele olha para o morto caído no chão. Se alguém perdeu a cabeça ali, foi esse coitado.

— Minha neta está lá dentro. Durante o assalto, ela conseguiu se esconder lá pra trás, perto do pomar, num viveiro. Ela está grávida, não viu os assaltantes... — Cala-se por um momento, aponta o chão: — Não sabe dele. Eu gostaria de poupá-la disso.

O policial balança a cabeça lentamente.

— Eu entendo. Se ela não viu os dois, não vai poder ajudar muito. De qualquer modo, mais tarde farei algumas perguntas a ela. Sem tocar no assunto, é claro.

É mais ou menos meio-dia, ele calcula olhando o céu. Um calor viscoso dificulta o raciocínio, faz as palavras saírem tortas da sua boca. Eles conversam sob a sombra de uma árvore, enquanto nuvens escuras vão surgindo no horizonte para os lados do penhasco, acumulando-se lentamente.

O policial faz perguntas específicas: altura dos assaltantes, idade provável, falas, tempo de cativeiro no quarto, objetos roubados, dinheiro. Vai anotando tudo numa letra miúda e ininteligível cujos caracteres dançam diante dos seus olhos cansados.

Ele tem certeza de que os dois ladrões já sumiram numa estradinha de terra. Que vão vender seu carro aos pedaços ou incendiá-lo com a gasolina que levaram. Depois de tudo, foi um roubo pífio. Perto dali, os outros dois policiais e o perito trabalham no corpo.

A estrada em frente está completamente deserta. Trinta quilômetros abaixo, uma equipe tenta limpar os detritos e recolher a terra que veio abaixo com o deslizamento. Também procuram os mortos. Não há leitos em Porto Alegre, que vive seu próprio caos, nem carros para levar os feridos até o hospital mais próximo. Particulares oferecem suas casas para os primeiros socorros.

O policial conta essas coisas enquanto termina de preencher a ficha com o seu depoimento. Eles não têm como ir até a delegacia, os procedimentos estão sendo feitos in loco. Para facilitar as coisas.

Trocam um aperto de mão, e ele sente seus dedos moles, os tentáculos de um polvo velho. O calor o oprime como um garrote, fazendo com que respirar seja um exercício cheio de sacrifício.

Os dois policiais e o perito recolhem o cadáver do chão, levando-o com dificuldade até uma camionete. Por causa do rigor mortis, uma mão força o invólucro de plástico negro, cujo zíper está enferrujado pela umidade, e escapa para a luz do dia. Ele vê os dedos curvos, hirtos, onde o sol reluz pela última vez. Esses dedos seguravam um bisturi. Esses dedos salvaram a vida de outras pessoas. Mas agora são uns tristes gravetos sem cor, as unhas arroxeadas parecem minúsculos bulbos apodrecidos.

Ele afasta-se lentamente, enquanto o policial espera a chegada de Waldomiro Stobel, a quem Juvenal foi incumbido de buscar. Todos os quatro serão inquiridos, mas em separado, para que seus depoimentos não se confundam.

Arrasta o corpo pelo caminho que vai dar na casa, sentindo o sol queimar-lhe a pele da nuca. Alguma coisa se remexe dentro dele, uma tristeza nauseante que faz sua boca se encher de saliva grossa e amarga.

Ele gasta alguns minutos andando de um lado para outro no quarto. Por fim, sentado na sua cama, com a porta entreaberta, fica esperando a volta de Waldomiro, que está lá fora com os policiais.

Na peça ao lado, Débora dormiu depois de comer um mingau de aveia cujo cheiro tomou a casa inteira, evocando nele gastas memórias infantis. A mãe com um avental azul, a cozinha com seu piso de madeira que fazia barulho sob os tacos das suas botinas de couro, o velho fogão a lenha onde a mãe secava cascas de laranja. O silêncio daquelas noites cheias de presságios. Como esse mesmo silêncio que paira agora na sua pequena casa no alto da montanha.

Ele pensa em Débora com preocupação. Sabe que ela tem contrações esparsas, provocadas talvez pela tensão da noite. Ela também espirrou muito, Eulália tratou-a com um chá de limão e gengibre. Essas coisas o atordoam, pois não há mais nenhum médico a esperar. Poderia levá-la até a pequena cidade a cerca de dez quilômetros dali, mas o único posto de saúde funciona com racionamento de energia e está cheio com os feridos da avalanche.

Passa as mãos pelo lençol que, muitos anos atrás, Júlia bordou para eles. Ainda está quente do calor do corpo de Stobel. As flores de fio de seda guardam um colorido desbotado como o dia lá fora: as nuvens escuras cobriram o sol depressa e somente uma luz cinzenta desce do céu penumbroso. Choverá outra vez, e outra e outra. Ele imagina a água subindo até o fim dos dias, isolando a montanha do mundo lá embaixo, um mundo submerso de lembranças para sempre perdidas.

Depois de uma longa hora, Waldomiro retorna do interrogatório. Uma batida seca na porta anuncia-o. Logo estão os dois sentados na cama como dois adolescentes envelhecidos pairando num tempo sem nome.

Eles lidam com o silêncio por alguns momentos. As palavras parecem necessárias e, ao mesmo tempo, pesadas demais. Ambos estão cansados: carregar cada minuto das últimas horas foi um fardo difícil.

Ele enrola a língua como quem luta com um molusco, e diz por fim:

— Tenho um grande sentimento de culpa em relação a você. É quase como se eu tivesse provocado tudo isso.

Waldomiro olha-o com uns olhos injetados e riscados de veias. Suas mãos brancas têm palmas lisas que denotam uma vida de trabalhos acadêmicos. São essas mãos que cobrem seu rosto por um momento, antes que diga:

— Eu fiquei feliz com o seu telefonema, Marcus, com a possibilidade de fazer alguma coisa. A universidade fechada, e todo aquele drama da enchente. Eu me dei conta que, sem a universidade onde me enfiar, os dias são intermináveis.

— Aí você chamou seu amigo.

— E aluguei um carro. — Waldomiro deixa escapar um riso amargo. — O segundo carro que eu perco em quinze dias. É o que se pode chamar de maré de má sorte.

Ele olha pela janela e vê que as primeiras gotas de chuva começam a cair do céu, equilibrando-se nas folhas das árvores para depois irem morrer na terra úmida. Nuvens gordas pesam sobre a montanha como enormes fantasmas.

Há uma coisa martelando na sua cabeça. Quase uma ideia fixa. Lembra das mãos de Arthur lá fora, crispadas e tristes. Não viu aliança naqueles dedos.

— Ele, o Arthur, tinha filhos?

Waldomiro suspira fundo. Um ruído denso, cavernoso, sai das suas entranhas.

— Não — diz, e parece fazer um grande esforço para pronunciar essa única palavra. Depois recosta-se na parede, deixa os ombros caírem e completa numa voz monocórdia: — Na verdade, Marcus, o Arthur era gay.

— Gay?

Waldomiro vira o rosto, olhando os próprios joelhos ossudos escondidos sob a calça de sarja manchada de barro.

— Sim, gay. Pra ser sincero com você, pra finalmente ser sincero com você, o fato é que nós dois...

E então ele vê aquele homem grandalhão e ossudo chorando baixinho. Quase envergonhado de ser pranto, esse choro é um desafogo biológico. Não há desespero, apenas um lento derramar de lágrimas que lhe caem pelo peito e molham a camiseta que Waldomiro usa.

Ele fica olhando o outro sem poder disfarçar seu espanto. Faz quinze anos que se conhecem. Quinze anos trabalhando no mesmo departamento, cruzando os mesmos corredores, compartilhando risotos de camarão e garrafas de vinho após as aulas do último período. E, depois que Júlia e Laura morreram, era impossível contar as noites de sábado que ambos dividiram, as viagens à serra para cuidar da casa, as silenciosas idas ao cinema para fugir da solidão de certas noites chuvosas. Ele nunca, nunca mesmo desconfiou de nada. O que o leva a crer que é um tolo. E que talvez Débora tenha razão: sempre olhou para o seu próprio umbigo.

Waldomiro chora por alguns minutos. Então, subitamente, seu choro termina. Um choro quase higiênico, sem excessos. Depois, calmamente, Waldomiro diz:

— Por isso foi tão fácil achar um médico que quisesse vir até aqui, Marcus.

Ele pensa no cadáver que foi levado pela polícia. Tenta imaginar a cena: Waldomiro dando seu depoimento aos pés daquele corpo. Será que eles se amavam ou era apenas um caso de solidão compartilhada? Mas não tem coragem de fazer perguntas. Apenas estende sua mão até aquela outra mão de dedos finos e longas falanges.

As mãos se tocam, duas peles compartilhando seu calor e sua umidade. Coisa rara entre os dois, essa proximidade física. Sempre trocavam raciocínios, equações, ideias políticas, mas nunca, nunca trocavam gestos de afeto.

— O Arthur não tinha filhos — diz Waldomiro. — Foi casado uma vez, faz tempo. Mas ele tinha mãe. Uma senhora de oitenta e dois anos que vive em São Leopoldo. E eu vou ter que ligar e dar a notícia a ela.

O silêncio cai outra vez sobre eles. Pela janela, entra o cheiro da chuva misturado com um leve odor de flores apodrecidas. Ele pensa num velório, no cheiro doce das capelas funerárias, com suas flores e velas e terrores contidos, e experimenta uma súbita repulsa. Pensa na velha em São Leopoldo e sente pena. Essa dor ele conhece. Ele também perdeu uma filha.

— Acho que Débora está mentindo pra mim... — diz então, de repente. — Mentindo a respeito do pai da criança.

Waldomiro vasculha seu rosto por um instante.

— Você a obrigou a vir pra cá, Marcus. É por isso que ela está mentindo. Eu menti a vida inteira ou boa parte dela. É cômodo dizer isso, mas às vezes as pessoas nos obrigam à mentira.

— Não sei o que fazer, essa é a verdade.

Waldomiro Stobel ri baixinho.

— Fale com ela, meu amigo. Vocês podem se esconder aqui em cima. Mas não podem se esconder um do outro pra sempre.

Achados e perdidos

From: Liuliu.
Subject: Silenciem os pianos. Meu namorado morreu.
Yesterday.
To: achadoseperdidos.org.com

Tomei coragem, joguei fora os comprimidos de Lexotan e fui ontem ao seu hospital, onde você disse, Arthur, que ia me ensinar um pouco sobre a vida. Sobre não ser egoísta. A dor dos outros, essas coisas. Bem, o pessoal do hospital me disse que você saiu de folga e não voltou mais. Pela fila e pela choradeira dos corredores, você não ficou em casa por falta de trabalho, doutor. Você me deixou puta da vida! Toda aquela balela, e eu atirei meus Lexotan no vaso sanitário. Nunca mais se meta na vida dos outros, doutor. Nunca mais alicie os outros com as suas palavras boazinhas. Como era mesmo? Você ia me ensinar outra "métrica"... Pois vá procurar sua turma!

Liuliu.

From: Patrícia
Subject: criança desaparecida
Today.
To: achadoseperdidos.org.com

Menina desaparecida: três anos, branca, olhos castanhos, cabelos loiros. O nome dela é Raíssa. Desapareceu na noite de ontem na localidade de Nova Petrópolis, no interior, depois de um desabamento de terra ocorrido por causa das chuvas. Usava um vestido azul e amarelo. Bombeiros não encontraram o corpo sob os escombros. Se alguém tiver qualquer informação, favor ligar para 854-3231244, falar com Patrícia ou Elisângela. Favor divulgar este e-mail.

From: Beto Lima
Subject: onde você está?
Today.
To: Achadoseperdidos.org.com; deboradil@zaz.com

Débora,

Eu viajei pro interior de Santa Catarina, pois meu avô morreu. Fiquei vinte dias lá, voltei ontem. Liguei pra tua casa, mas ninguém atendia. Na casa do meu avô não tem Internet, e nem perto. Depois a chuva me reteve lá por mais tempo (o que foi bom). Procurei você no Orkut, fui até o apê (que tá fechado), liguei pro teu celular (que tá fora de área). Fiquei preocupado contigo, mas só ontem vi teu e-mail. Nos dois últimos meses, Dê, fiquei te procurando, mas tua amiga não queria dizer onde tu estava (tu foi pra casa do teu avô?). Depois a coisa foi fican-

do pior e pior por aqui, a cidade está uma loucura. Tá impossível de te achar, guria!!! Espero que tu acesse o achadoseperdidos. Me liga na casa dos meus pais (33954441), meu apê tá sem luz faz cinco dias (mudei pra ficar com os velhos).

Beto.

From: Luis Augusto
Subject: vendo carro movido a óleo de cozinha
Today.
To: Achadoseperdidos.org.com

Essa é pra quem cansou de andar a pé e não tem dinheiro pra um híbrido: vendo carro movido a óleo de cozinha. Pode ser óleo usado ou fora do prazo de vencimento. Menos de R$1,00 por kilômetro rodado. Interessados favor ligar para 054-86668121. Luis Augusto.

From: Prof. Álvaro Kovalik
Subject: aulas na minha casa
Today.
To: Achadoseperdidos.org.com

Alunos do curso de graduação em História da PUC: estou retomando o seguimento das aulas na minha casa enquanto a universidade permanece fechada por motivos que todos conhecemos. Se os resistentes poloneses da Armia Krajowa mantinham vidas paralelas nos subterrâneos da cidade de Varsóvia, com farmácias, escolas e cozinhas comunitárias funcionando enquanto os alemães destruíam a cidade com seus panzers e bombardeios incessantes, nós também podemos seguir com nossas vidas. Chega dessa pasmaceira. Temos o poder e a obrigação de seguir adiante nossos caminhos pessoais, enquanto os poderes públicos permanecem imobilizados diante da sua própria incapacidade de atuação. Alunos, meus telefones são: 33415578 e 84550000.

Prof. Álvaro Kovalik.

From: Luna
Subject: você sumiu?
Today.
To: Achadoseperdidos.org.com

Arthur,

Onde você está? Faz dois dias que não aparece no hospital, e seu telefone não atende. Estamos todos preocupados. Por favor, dê notícias. Sentimos sua falta. Os doentes sempre querem você... (E eu também.)
Nem acredito que escrevi isso, Arthur. Mas é a pura verdade. E-mails me enchem de coragem, ou eu sou uma covarde mesmo. Sei lá. Mas volta, Arthur. Está todo mundo louco por causa do seu sumiço, e eu mais do que todos.

Luna.

11.

Marcus sempre se espanta ao vê-la. Esse ventre distendido querendo livrar-se do abrigo da camisola de algodão o faz lembrar de um truque de mágica. Como uma dessas caixas chinesas dentro das quais as pessoas aparecem e desaparecem.

Débora está recostada numa pilha de travesseiros. O quarto, ordenado, não tem vestígios da passagem dos ladrões. Ela acabou de comer a sopa que Eulália fez com os legumes da horta. Amanhã Juvenal vai abater uma galinha, foi o que Eulália lhe falou no corredor. A menina precisa de carne.

Ele pensa que, se tem alguma coisa de que Débora não precisa, essa coisa é carne. Toda ela é uma bola de carne e sangue e músculos pulsante. Ele respira fundo, avançando pelo quarto iluminado pelo abajur com sua pálida luz fluorescente. Aproxima-se como um jogador que tem que marcar o ponto com uma única tacada.

Lá fora chove. Ele sabe, por intermédio de Juvenal, que as equipes de salvamento tiveram de interromper o trabalho por causa da chuva. Essa água barrenta escorre pelos caminhos da montanha carregando toda sorte de detritos, entupindo bueiros nas pequenas vilas, derrubando árvores, causando danos pelo seu irrevogável caminho.

Mas ali dentro faz um calor agradável e seco, e o rosto de Débora agora está corado. Ela poderia ter pegado uma pneumonia lá fora.

— Temos um hóspede? — ela pergunta, folheando uma revista de um mês atrás.

— O Waldomiro vai ficar uns dias aqui. Até que possa descer pra cidade outra vez.

— Você vai deixar ele voltar?

Ele sorri, dando de ombros.

— Não posso segurar um homem de sessenta anos, lúcido e no uso dos seus direitos legais.

— Podíamos formar uma comunidade — diz ela, fechando a revista. — Pensei nisso: com mais gente aqui, quem sabe não ficava tão chato?

Ele senta-se na única poltrona do quarto.

— Meu bem, eu vim aqui falar de um assunto sério.

Ela dá de ombros.

— Desculpe. Eu só estava tentando fazer piada. O clima aqui não anda nada bom. E o seu amigo, bem, eu o vi. Ele parecia bem doente, pra dizer a verdade.

— Waldomiro não está doente, Débora. Está abatido e tenso. Foi uma barra pra ele, horas na estrada com aqueles dois, uma arma na cabeça. E depois aqui, depois o que aconteceu aqui.

Lá fora um relâmpago ilumina o céu por um instante. Pela porta envidraçada da varanda, entra um súbito brilho prateado. Como se um deus lá em cima tivesse piscado os olhos ou coisa parecida. Depois o pálido refulgir se apaga, e a luz da noite lá fora volta a ser lúgubre e cinzenta, silenciosamente triste.

— Eu sempre tenho medo quando relampeja — diz Débora. — Um medo que nunca muda... Parece que tenho cinco anos e ainda vivo naquele apartamento de dois quartos lá da Felicíssimo de Azevedo.

— Um relâmpago não passa de uma descarga elétrica. Não há nada de sobrenatural nisso.

Ela sorri e retruca:

— E quem disse que eu não tenho medo da natureza? Segundo os dados e teorias que você apresenta, vai ser ela mesma, a natureza, que vai acabar com os homens, não é?

Ela afunda nos travesseiros de maneira teatralmente desencantada, fazendo com que sua barriga aumente ainda mais, projetada sob os lençóis claros.

Ele pensa em responder que tudo é uma questão de ação e reação. Foi o homem quem quebrou o grande trato, o acordo maior.

Mas não diz nada. Sua mente é obliterada pela imagem da barriga de Débora. Seus olhos se perdem nessa contemplação. Aí, sim, ele pensa, está algo mítico. Essa vida se fazendo. O que sente, afinal, essa criança que está ali dentro? Será que já sente a vida, será que reconhece sua voz? E, reconhecendo-o, será que experimenta prazer na sua presença, ou apenas desprezo, desencanto pelas suas palavras vagas, pela sua tendência em ordenar as coisas de maneira sempre lógica, por esse seu medo do imprevisto e do inesperado?

Como ela está quieta ali, olhando-o. Tal um animalzinho na sua toca, à espreita. E como está parecida com a mãe, a linha do nariz, reta e irretocável, o desenho dos lábios, e essa nova suavidade no seu rosto, atenuando suas sempre brutais mudanças de estado de espírito. Ela sorri de um modo carinhoso, como quem sorri para uma criança. E então, subitamente, pergunta:

— Você quer falar do Beto? É isso que você veio fazer aqui?

É a primeira vez que ele escuta esse nome vindo da sua boca. Duas sílabas que formam um apelido comum: *Beto*. Conheceu vários Betos ao longo da sua própria vida, na faculdade, no primeiro ano que lecionou na Universidade Federal. Teve amigos, teve alunos que atendiam por esse nome, um diminutivo de Roberto. Ou Adalberto. Ou Alberto. Ou, ainda, Gilberto.

Ele fica divagando, já não mais recostado na cadeira, mas com as costas eretas, como se estivesse entrando numa zona perigosa. Como quando caminha na encosta da montanha e tem de reconhecer as pedras soltas, as armadilhas do caminho.

— Beto? — ele repete, e sabe que aquele rosto só podia ter um nome assim, curto.

Vê que ela está um pouco perturbada, esse sorriso é apenas uma proteção a mais, uma garantia. Sente pena, porque muito cedo ela teve de se entender sozinha com a vida. Seus dedos pálidos remexem as fímbrias do lençol, e ele vê que ela tem nas unhas os restos de um esmalte cor-de-rosa. Como uma menina brincando de ser adulta.

— As fotografias não estavam como eu deixei, embaixo da pilha de blusas. — Ela dá de ombros, olhando, trêmula, o brilho de outro relâmpago que estourou lá fora. — Estava tudo em ordem, apenas as duas fotos guardadas ao contrário... Eu tinha deixado o André em cima. Depois, hoje, quando mexi, quem estava em cima era o Beto. — Ela dá de ombros, puxando uma mecha do cabelo escuro para longe dos olhos. — Bem, não teriam sido os ladrões, não é? Eles não colocariam as fotos no lugar. E depois a Eulália disse que não tinha sido ela. Que você arrumou as minhas roupas hoje cedo.

Ele pigarreia. Está se sentindo ridiculamente envergonhado por tudo isso.

— É, fui eu. Os ladrões nos trancaram aqui e foram vasculhar a garagem. Estava tudo na maior desordem, ou seja, eu não tive a intenção. Mas vi as duas fotografias. E confesso, Débora, que fiquei confuso. — Ele respira fundo, longamente, enquanto procura as palavras certas. — Fiquei confuso e com um estranho pressentimento.

— Pressentimento de quê?

— De que você está mentindo pra mim. De que você está mentindo pra mim faz tempo, Débora.

Ela abaixa o rosto por um longo momento. O topo da sua cabeça é completamente redondo. Redondo e negro, de um negror brilhante e espesso; ela tem cabelos grossos e pesados como a crina de um cavalo puro-sangue.

Então ela levanta o rosto para ele. Os olhos verdes luzindo com um brilho febril.

— Talvez o Beto seja o pai do meu filho. Era isso, Marcus, que eu vinha escondendo de você. Também por isso eu não queria vir, entende? Eu queria saber... Eu queria ter certeza.

Ele se recosta na cadeira. Como não dormiu durante a noite anterior, tudo isso, o assalto, a conversa com Waldomiro, essa revelação, tudo parece fazer parte do mesmo dia interminável.

— Quem é ele, Débora? Quem é o Beto? O que ele tinha a ver com a sua vida? Por favor, me explique.

A voz dela soa fraca como se viesse de longe:

— Eu conheci o Beto um dia no parque. Eu estava lá esperando a Bruna, quando ele chegou. Sentou no mesmo banco que eu, perto daquele moinho de vento. Ficamos conversando. Depois disso, nos víamos sempre. Ele tinha se formado biólogo. Tinha acabado de terminar sua tese de pós-graduação, não é isso? Sobre os crustáceos e o aquecimento dos oceanos — ela dá de ombros. — Você ia gostar.

— E o André?

— O André era meu colega. — Ela suspira, passa as mãos pelos cabelos. — Aconteceu com os dois, na mesma semana. Aconteceu algumas vezes.

A cabeça dele se enche de imagens nebulosas de um quarto, uma cama, esses corpos jovens e inconsequentes. O espetáculo da vida. Tudo isso florescendo, tudo isso vicejando enquanto ele pensava em placas captoras de energia solar e em mudas de ingá-do-brejo.

As pessoas ao seu redor jamais foram o que ele pensava que fossem. Diverte-se com a ideia de que talvez o único errado seja ele: um grande egoísta ecologicamente correto com pena de si mesmo porque a esposa morreu, deixando-o sozinho com o resto da humanidade neste planeta à beira do colapso. Deixando-o sozinho com essa neta que ele conhece tão tristemente pouco.

Ele fica em pé e anda pelo quarto, ouvindo o sussurrar da chuva lá fora.

— E agora?

Sua voz ecoa pela casa silenciosa. Sua voz desafinada de cansaço e de espanto. Na sala, a porta bate. Eulália foi dormir em casa com o marido.

— Agora que eu acho que o Beto é o pai dessa criança. Cada dia isso parece mais real...

Ele observa-a por um momento, depois pergunta:

— Você acha ou você quer?

— Eu sinto. Eu simplesmente sinto.

— Você sabe onde esse Beto está?

— Eu tenho um número de telefone, Marcus. Mas ninguém atende. Faz dias que eu tento... Falei algumas vezes com ele desde que eu cheguei aqui, depois perdi o contato.

Ele pega uma caneta e um pedaço de papel na escrivaninha. Desiste, empurra a caneta de volta para o copo que ela divide com alguns lápis coloridos.

Atrás dele, ela diz:

— Não. Anote o número dele, Marcus... Era isso que você ia me pedir.

Ela desfia os dígitos de um telefone celular. *Ligue pra ele, encontre-o, Marcus. Eu quero que ele saiba.*

— A vida não é uma brincadeira, Débora. Provavelmente, a última coisa que esse Beto quer é um filho.

Ele está de costas para ela, mas pode vê-la, silenciosa e imóvel sobre a cama branca. Pode ver seus olhos verdes e melancólicos. Mais uma vez ele não a compreende. Porém, é preciso ser sensato. É preciso, mais do que tudo, ser sensato.

Então a voz dela rompe a quietude:

— Pode ser que ele não queira um filho. Mas tem o direito de saber mesmo assim.

— Mesmo assim — ele repete, lentamente.

E, de fato, ela tem razão. Sai do quarto na ponta dos pés. Como o fantasma que será um dia. Na ponta dos pés, mais silencioso do que a noite.

O dia seguinte amanhece lindo. O céu, de um azul lavado pelos incontáveis dias de chuva, parece um grande pano sem pregas, sem nódoas, desdobrando-se até o infinito. A luz do sol ainda é rosada, quase frágil.

É cedo. Ele dobra a colcha com a qual se cobriu durante a noite e deixa-a num canto do sofá. Dormiu na sala. Movido por um sentimento que poderia ser chamado de compaixão, emprestou sua cama a Waldomiro Stobel. Compaixão é uma palavra em desuso: sempre que a repete, pode ouvir dentro de si as velhas vozes paternas, e outra ainda, a voz rouca e baixa de um rabino que o pai às vezes ia consultar em busca de conselhos.

Porém, apesar de ter deixado sua cama macia e de lençóis limpos para Waldomiro, tem certeza de que o amigo vai acordar com aquela mesma face vincada e exausta — a doença de viver.

Ele veste uma camiseta enxovalhada e enfia as botas de trabalho. Na cozinha, ouve os movimentos de Eulália, que prepara o café da manhã. Sai pela porta da sala, evitando assim cruzar com a mulher. Quer ficar sozinho, à beira do mundo. Então segue pelos caminhos que estalam mansamente sob o sol, atravessando o gramado, a horta e o viveiro, até o penhasco, a goela aberta da sua montanha.

O espetáculo não o decepciona: partida em dois, a grande montanha se abre por metros e metros, uma fenda quase sem fim, cuja contemplação o enche de júbilo e de medo. Uma sensação de pequenez e de grandeza ao mesmo tempo, e uma vontade, doida, de ser pássaro.

A pele da montanha é cheia de crostas rochosas, recobertas aqui e ali por manchas verdes de vegetação. Em alguns platôs, árvores retorcidas se espicham para o céu em busca do calor do sol, balançando suas folhas. A paisagem segue assim até que seus olhos se cansem, até o fim do mundo. Ao menos é o que parece, algo como um segundo andar no planeta, as longas costas dessa montanha se esparramando sob o sol da manhã, esse sol que começa a ficar mais e mais quente, fazendo arder a pele do seu pescoço e do seu rosto. Mas também limpando-o de tudo o que aconteceu ontem, um desinfetante divino transformando em nada os germes que corroem seu espírito sempre mordido de dúvidas.

Ele se senta à beira do platô e enche os pulmões de ar. O capim alcança seus joelhos, balança ao sabor das rajadas de vento que, a intervalos, penteiam a montanha. Um inseto preto, minúsculo, sobe pelo caminho azulado do seu jeans, anda pelo seu joelho esquerdo, depois desce, solenemente, pela sua canela até a bota de borracha. Então desaparece novamente entre os tufos de capim.

Pensou muito em Débora esta noite. Pensou, pensou e pensou, até que o cansaço o jogasse naquele limbo escuro e sem sonhos. Estar lá, imerso num nada cheio de negror, foi confortável, tão confortável como naquele tempo quando Júlia morreu e ele tinha que tomar decisões. E dormia para não tomá-las.

Mas Júlia não é Débora, e ele mesmo já não é quem ele era. Assim como esse silêncio soprado de brisa que vem lá de baixo também não é apenas silêncio.

Em algum lugar, vibrando nessa imensidão azul, pode sentir os gritos, os choros, a água suja subindo pela ruas de Porto Alegre. Em algum lugar, ele pensa, lá embaixo nesse silêncio disfarçado, também está Beto. Logo agora que tinha se acostumado com André, com a ideia de que havia um André, apesar de tudo. Logo agora há também um Beto. Não, esse bisneto não é só seu. Nem só dessa montanha para onde ele se retirou. Um dia, o filho de Débora vai crescer. E partir, assim como Laura partiu um dia, e depois outra vez, para nunca mais voltar.

Por isso ele se decidiu: pedirá a Waldomiro que o ajude. Tem um nome e um telefone. O garoto estudou na universidade federal, foi o que a neta lhe disse. Com dois telefonemas, Waldomiro vai encontrá-lo. E, talvez, daqui a alguns dias, eles tenham visita de novo. Talvez o maldito interfone toque avisando que Beto chegou. Esse estranho que, de algum modo, sempre esteve entre eles.

Abre os braços e grita. Grita alto, e sua voz ecoa, distorcida, pairando no ar por um longo minuto até morrer. É um aprendizado duro, deixar que as coisas tomem o seu rumo a despeito de si mesmo. Sempre se considerou fundamental demais; até quando se retirou da vida de Débora, aquilo foi um pouco de orgulho. Foi um jeito de indicar um caminho.

Agora seus braços abertos seguram o nada, pairam no ar levíssimo. E ele é só um homem com dores ocasionais no peito, com medos noturnos, equações matemáticas para sempre registradas dentro do cérebro. Um homem viúvo com saudades eternas. Como uma lápide ou coisa que o valha.

Após o almoço, ele tem com Waldomiro uma conversa pontuada de silêncios. Nos olhos dele, alguma coisa do brilho esmaeceu para sempre. Estão os dois caminhando por entre as árvores do pomar: o sol atravessa galhos e ramos, fazendo desenhos geométricos na relva. Mas os olhos de Waldomiro Stobel não brilham nem sob esses raios amarelos e quentes.

— Vou embora amanhã — diz Waldomiro.

Faz pouco, Juvenal trouxe notícias sobre a estrada, finalmente desimpedida. Juvenal também ofereceu a Waldomiro uma velha motocicleta e dois galões de gasolina que escaparam do saque. Não chega a ser grande coisa, mas o gesto emocionou-o, e também a Waldomiro, que fez força para não chorar.

Depois desses dias áridos, a pequena moto azul royal reluzindo sob o sol perto da porta da cozinha tinha algo de indescritível. Um objeto em desuso, um pouco esculhambado pelos anos e vencido pela tecnologia, mas cálido, perfeitamente honesto.

— Pode ser perigoso refazer esse trajeto sozinho — ele se ouve dizer. E acrescenta, rápido: — Mas eu entendo. Eu entendo perfeitamente bem.

Passam pelos limoeiros, descendo pela trilha que começa a ficar íngreme. Waldomiro Stobel arranca um limão e fica cheirando o fruto, solenemente, como se tentasse equacionar seu odor e sua perfeita consistência.

— Amanhã o corpo vai para o IML de Porto Alegre — Waldomiro diz, por fim. — Não posso ficar aqui. Eu preciso estar lá. Tomar as últimas providências.

Ele aquiesce. Sente um calor súbito no peito, como se a própria morte estivesse dentro do bolso da sua camisa. Seu tórax parece querer incendiar-se, depois vai sossegando até estancar numa espécie de formigamento confortável.

— Quando Júlia morreu eu quase fiquei louco — ele diz, sem saber por que, esfregando a carne sob a camisa.

Waldomiro sorri tristemente. O limão agora vai de uma das mãos à outra, como uma espécie de bola.

— Me sinto culpado, Marcus. É como se fosse eu quem devesse ter morrido… Tenho sessenta e quatro anos, o Arthur tinha quarenta e um.

Tem vontade de dizer que a lógica vale pouco. Mas não diz. Então ambos seguem em silêncio, atravessando o ar cálido e cheio de perfumes. As árvores crescidas são um orgulho para ele, para esse seu coração inquieto, cansado de bombear sangue. Ele cumprimenta galhos e frutos com um olhar.

— Waldomiro, eu queria que você encontrasse uma pessoa pra mim lá em Porto Alegre — diz finalmente, quando se sentam num banco feito de toras e encravado nas imediações do pomar.

Uma pausa. Waldomiro não diz nada. Um bando de pássaros passa voando no alto, contra o azul.

Ele tira um papel dobrado em quatro partes e o entrega a Waldomiro.

— O pai do meu neto. Ele estudou na universidade, terminou o curso de Biologia há um ano e estava fazendo uma pós-graduação. Está tudo aí, nesse papel.

— Se os computadores não estiverem debaixo d'água, vai ser fácil.

Ele sorri, dando de ombros.

— De qualquer modo, é a última coisa que peço. Chega de telefonemas no meio da noite, chega de pedidos esdrúxulos.

Waldomiro Stobel lê o nome e os dados escritos na folha branca. Ele acompanha tudo, traçando pela enésima vez um pequeno perfil do pai do seu bisneto. Idade, curso, telefone e um endereço rabiscado na letra quase infantil de Débora. O que virá por trás disso?, pergunta a si mesmo olhando o céu de um azul cobalto, firme, um céu de verão, embora estejam às portas do mês de maio e os calendários gritem pelo outono.

— Eu telefono dando notícias — diz Waldomiro.

E assim a conversa termina.

Antes que a noite caia, ele vai até a garagem, onde não entrou desde o evento do assalto. Desce os degraus de pedra com um sentimento de desconforto, temendo a ação dos ladrões.

Mas está tudo igual: a grande mesa de marcenaria, com suas goivas, estiletes e martelos, brilha tranquilamente sob a luz dourada onde partículas minúsculas de pó flutuam numa dança espacial.

Com exceção dos galões de gasolina, e do carro, é claro, tudo o mais está no seu devido lugar. Latas com pregos, lixas, papelão, fios elétricos, tudo em seu nicho, caixas e potes etiquetados. Sempre foi um homem com tendência ao metódico.

Ele caminha pisando leve. Tem a impressão de que este lugar, mais do que a casa, é habitado pelo menino que o acompanha, esse menino invisível a todos os outros olhos que não os seus. Só de pensá-lo, só de reviver seu rosto liso e corado, seus olhos redondos, escuros, os cabelos curtos, grudados na testa por causa do suor, ele sente uma espécie de queimor no peito. Uma saudade ao contrário, indizível.

Mas não há ninguém ali. O menino se foi, talvez escondido no porta-malas do carro que os dois ladrões roubaram. Ele fica parado por um momento no meio da garagem: tem vontade de chamar pelo menino, mas desconhece seu nome.

Num canto, está o berço que ele fez para o bisneto. O pó acumulou-se nas suas barras, no tecido que recobre o colchão de penas, e no desenho que ele traçou na madeira entre as patas que sustentam o berço. Ele pega um pano, molha-o na pequena pia enferrujada, torce-o e limpa o berço diligentemente, recanto por recanto, por dentro e por fora, até que nem uma partícula de pó conspurque este que será o refúgio da criança que Débora vai trazer ao mundo.

Depois segura o berço com ambos os braços, e segue caminhando desajeitadamente no rumo dessa luz cor de romã que prenuncia o entardecer na montanha. Vence a porta, os degraus de pedra, o caminho de cascalhos. Entra pela cozinha vazia e silenciosa, pois Eulália terminou o serviço do dia. Atravessa a sala, o pequeno corredor, sobe a escada para o quarto de Débora.

Com o ombro, empurra a porta que se abre sem rangidos. Ali dentro a luz do sol poente esparrama-se sobre o piso de madeira como se alguém tivesse deixado cair uma gigantesca xícara de chá. Não há ninguém, mas ele pode ouvir, abafados, os sons de sinos e de cristal que vêm lá de fora: as risadas de Débora. E, mais atrás, a voz serena e equilibrada de Eulália, que lhe conta uma história sobre peixes e uma pescaria.

Ele deposita o berço no chão, arrumando-o numa paralela perfeita à cama da neta. Os dois móveis, assim juntos, parecem guardar um preciso parentesco — uma coisa engraçada, como um sopro de vida própria, emana dos seus ângulos retos e inertes. Ele sorri por um longo momento, olhando essa cena aparentemente tola. Depois passa a mão no rosto, limpando-o do suor.

Achados e perdidos

O *clic* na fechadura. E depois o longo gemido da porta, *nhaaann*, como uma boca se abrindo no escuro.

Com a chuva que cai lá fora não é dia nem noite, mas um tempo indefinível, cinzento e úmido, interminável e triste como uma rodovia sem carros. Waldomiro Stobel respira fundo e entra no apartamento; só entrou ali uma vez antes. Sente os olhos cheios de lágrimas: essa será sua segunda e última visita.

Ele estende a mão e seus dedos percorrem a parede fria até o interruptor. Mas não há luz. Waldomiro sorri, também não havia porteiro, assim ele entrou sem dar maiores explicações. Não, não é parente do seu Arthur, é isso que ele diria. E quem ele é, se alguém por acaso lhe perguntasse, se surgisse um rosto na porta, a mulher do zelador, por exemplo, ameaçando chamar a polícia que nunca viria? Como resumir para qualquer pessoa tudo o que ficou em suspenso entre eles

— as promessas, a intuição, os dias todos que deveriam vir e que jamais acontecerão?

Waldomiro fecha a porta atrás de si com extremo cuidado — dessa vez, em conluio com ele, as dobradiças não gemem. Melhor assim, pensa. Sem explicações.

Só eu e.

Só eu e todos esses copos sujos, esses jornais amassados, os livros, a embalagem de chocolate, de biscoitos, os sapatos enfileirados no corredor. Só eu e as roupas que ainda têm o cheiro dele, os chinelos dispostos ao lado da cama, as cobertas emboladas num canto do colchão. Só eu e os copos sobre a pia, a última xícara de café, que ainda guarda uma mancha escura no seu fundo. Só eu e.

Mas nada disso é ele, todas essas coisas inanimadas não significam Arthur, não o explicam, não o representam. Custa-lhe acreditar que Arthur tenha morrido. Custa-lhe acreditar que, dois dias atrás, eles estavam subindo a serra, que sonhavam com uma caminhada perto do canyon. Com o brilho do entardecer refletido nas rochas e todo aquele silêncio.

Waldomiro sorri, encostado à parede. Havia tanta coisa pela frente e agora não há nada.

— Nada — ele repete, enquanto anda pela sala pequena e cheia de coisas.

E depois, como se fosse óbvio, liga o computador sobre a mesa e recebe sua luz azulada, recebe-a como um beijo. O último.

Na mesinha de canto, o telefone toca.

E fica tocando, tocando, enquanto Waldomiro Stobel faz o que deve fazer. Faz exatamente o que Arthur faria se estivesse no seu lugar.

From: Waldomiro Stobel
Subject: Beto Lima
Today.
To: Achadoseperdidos.org.com

Beto Lima,

    sou professor da Universidade Federal e amigo do Marcus Reismann, avô da Débora Dil. Estou com seu telefone, e vou procurá-lo imediatamente. Vi que você entrou no site há cerca de três dias atrás, e que respondia um e-mail da Débora.
    Preciso muito falar com você, tenho um recado da Débora, por favor não deixe de me procurar, de responder este e-mail. Meu número, caso eu não o encontre, é 99733321. Assunto muito importante.

Um abraço, W. Stobel.

Waldomiro espera ainda um instante depois que a mensagem desaparece.

Além dos vidros da janela, vê a chuva, compacta e prateada sob a luz do anoitecer. Ele se sente uma espécie de náufrago, sozinho, boiando num mar sem começo nem fim. Completamente perdido sob um céu sem estrelas. A sua mensagem na garrafa já foi lida e compreendida, mas ele seguirá sozinho. Para sempre.

12.

Os dias subsequentes à partida de Waldomiro passam sem grandes acontecimentos. A casa mergulhou num novo silêncio, parece que esteve doente, e agora está se recuperando do assalto, da morte daquele homem no portão, do medo, da conspurcação.

Como numa espécie de acordo, não se falou mais nisso. Cada um enveredou nos seus próprios afazeres: Eulália cuida das duas casas, prepara a comida, faz companhia a Débora nos últimos dias da gravidez. Juvenal trabalha na propriedade, refez o jardim semidestruído pelo carro na noite da fuga dos assaltantes e plantou um singelo canteiro de margaridas no lugar onde encontraram o corpo de Arthur, do outro lado do portão em frente à estrada.

Marcus Reismann passa as manhãs na marcenaria fazendo um pequeno roupeiro para as coisas da criança; à tarde, cuida das plantas do viveiro. E, mais do que tudo, enquanto aplaina a madeira ou poda as folhas queimadas e secas dos arbustos e mudas, ele espera um telefonema. Na verdade, dois. Essa espera paira sobre ele como uma sombra, um grande pássaro flanando no ar sobre sua cabeça sem ousar bater as asas.

Waldomiro ficou de dar notícias a respeito do paradeiro de Beto. O outro telefonema que espera é o da polícia local. Sabe perfeitamente que não podem ficar ali sem nenhum meio de locomoção, e há uma pequena possibilidade de que os assaltantes tenham abandonado seu carro quando a gasolina acabou numa dessas picadas barrentas que riscam o alto da serra e que não levam a nenhum lugar.

Enquanto tudo parece igual, imerso nessa rotina apaziguada, a barriga de Débora cresce. Nas árvores, os mesmos pássaros cantam à mesma hora, as flores brotam em seus lugares, as cores das suas pétalas são exatamente iguais às das pétalas da flor anterior.

Ele sente-se trilhando os dias como se a vida fosse uma roldana. Tudo que vai, volta.

Às vezes, tem a estranha impressão de que até mesmo as suas falas são as mesmas. Em determinadas horas, pega-se dizendo velhas palavras, frases idênticas às que já disse. Então ralha consigo mesmo como se fosse um desses velhinhos com Alzheimer. Débora olha-o com o canto dos olhos e, se experimenta algum espanto, nada diz. Parece ser ela o prumo da vida. O eixo fundamental ao redor do qual giram os minutos, as horas, os dias lentos e macios desse outono incongruente.

Agora, sentado em seu quarto calçando as meias e as botas, ele se dá conta mais uma vez de que o menino desapareceu completamente. Essa noite, sonhou com o menino. Podia vê-lo, ouvi-lo rir com uma voz límpida feito um jorro de água fresca. Depois acordou em dúvida se aquilo era mesmo um sonho, ou se o menino estivera realmente ao seu lado no escuro da noite. O pequeno fantasma.

Agora sabe que não. Olhando os objetos ao seu redor, a mesa, a cadeira, o armário com as portas abertas, o romance de John Banville que estivera lendo antes de dormir, olhando a janela e a paisagem lá fora, ele não encontra o mesmo brilho. O menino não esteve ali, e sua visita não passou de um sonho bom.

Ele enfia ambos os pés nas botas de trabalho e remexe os dedos confortavelmente. Nunca mais usará um daqueles sapatos sociais, aquelas gaiolas de couro envernizado. Esse pensamento bobo o consola, desvia-o dessa tristeza que é a ausência do menino. Levanta-se rápido, como se estivesse atrasado para bater o relógio de ponto, muito embora o trabalho que o espere seja leve, e aqui não existam patrões, nem gerentes, nem quaisquer tipo de torpes vigias da vida alheia.

Ele sai para o corredor fresco ouvindo a sola das suas botas gemerem no piso de madeira. *Plact, plact, plact*, seu coração se aperta. Nunca mais o menino no telhado, nunca mais no promontório, nem no penhasco, nem no refúgio úmido entre as árvores do pomar. Agora ele trilha sozinho todos esses caminhos, sozinho com seus pensamentos iguais, ansiando a uma exata hora que Waldomiro ligue, que o sol diminua, que Eulália prepare pão para o jantar.

Talvez ele tenha perdido a graça aos olhos do menino. Não é nem de longe alguém para ser admirado, tem absoluta certeza disso. Ou, quem sabe, o menino está escondido agora naquela caverna de carne e sangue, o ventre de Débora? Talvez tenha finalmente se enraizado ali, o seu ninho, o ponto de partida para a vida que o espera, oxalá seja feliz.

Sai de casa em silêncio, ouvindo, na passagem pela sala, a conversa trivial de Eulália e Débora na cozinha, o ruído de talheres e tampas de panelas. A neta agora parece calma, quase plácida. É verdade que, às vezes, pega-a com os olhos perdidos no telefone mudo. Pensando em Beto, supõe. Mas ela nunca fala nada. Nunca. Talvez, como ele, saiba o quão remota é a possibilidade de Waldomiro Stobel encontrar aquele rapaz numa cidade caótica e alagada como Porto Alegre.

Débora e sua barriga enorme, como um barril. Seus olhos agora parecem maiores ainda, e mais vívidos. Olhos cheios de susto, como se pudessem enxergar o avesso de si mesma, acompanhando o milagre que se desenvolve dentro da sua própria carne.

Sim, há alguma coisa de especial nas mulheres grávidas. Talvez (essa ideia sempre o encantou!) porque tenham dois corações batendo dentro de um único corpo. A neta vem perdendo aquele seu jeito infantil, não sabe nem explicar como. Alguma coisa no modo como ela pronuncia as palavras, dando um significado mais profundo até para sua fala mais trivial. A voz que subitamente ficou mais rouca, mais baixa. E essa barriga que ela leva de um lado a outro como um monumento ao futuro. Essa barriga que Eulália mede com uma fita métrica como quem mapeia um terreno desconhecido, estirando a fita com cuidado desde o baixo-ventre até o umbigo, e proferindo sentenças do tipo "baixou mais um pouco", ou "ainda está alta, meu bem, leva mais umas semanas".

Ele vê tudo isso sem ousar opiniões. Quando a barriga estiver baixa o suficiente, começará a dilatação, a bolsa se romperá e o trabalho de parto vai ter início. Ele fica quieto, olhando essas conversas, como se as duas fossem grandes magas conhecedoras de uma ciência oculta, e ele, uma criança a quem deixaram ficar ali, à mercê de tais mistérios, por simples comodidade. Mas ele tem medo. Baixa os olhos quando elas falam nisso. Baixa os olhos para que Débora não veja o medo ali dentro. E se pergunta: o que vai acontecer caso a neta não tenha a dilatação necessária para a passagem do bebê? o que vai acontecer se ela precisar passar por uma cesariana?

Um dia, encontrou Eulália na cozinha preparando uma sopa para o jantar. Enquanto via suas mãos descascando tomates, a faca vencendo a circunferência vermelha, raspando a polpa suculenta com exímia precisão, ele perguntou: o que vai acontecer?

Soltou as palavras no ar com um suspiro, e elas deram voltas em torno dele como moscas inquietas.

Não adiantou Eulália acalmá-lo com argumentos como a idade de Débora e a sua excelente saúde. Não adiantou ouvi-la falar de Deus nem dos perfeitos métodos da natureza. Saiu dali com um nó na garganta e seguiu andando sem rumo entre as árvores. A faca cortando os tomates, e o suco vermelho era sangue aos seus olhos... Ah, está ficando com os nervos fracos, ele tem certeza disso.

Aos vinte e poucos anos ajudou sua própria filha a vir ao mundo. As loucuras de Júlia!, e agora não passa de um homem assustado demais para acreditar que a vida possa fazer seus milagres sozinha.

Foge para o promontório, o seu santuário. Sentado ali naquela varanda de pedra, tendo aos seus pés a garganta interminável do mundo, ele sente vontade de chorar. Os dias passam como as águas de um rio. Logo chegará a hora. Ele lembra-se dos seus planos, da alegria que sentiu ao fugir de Porto Alegre trazendo a neta consigo, da certeza que acalentava no peito, a perfeição de tudo aquilo. Onde foram parar todas essas coisas?

Ele olha o despenhadeiro desdobrando-se em vãos e desvãos, rochas amontoadas num tempo infindável, a vegetação rasteira e as raízes enrugadas de pequenas árvores encharcadas de chuva. Tudo isso é a eternidade. Ele fica em dúvida se se encaixa nessa cena, ou se tudo foi uma grande tolice da sua parte. Talvez devesse estar lá embaixo ajudando os desabrigados, fazendo trabalho voluntário nas vilas alagadas, limpando a sujeira das crianças órfãs do mundo.

A motocicleta azul entrou pelo caminho de cascalhos dois dias mais tarde.

Uma manhã estranha, nebulosa. A primeira manhã com ares de outono desde que chegaram, um mês atrás. Nuvens de um branco leitoso vagam no céu pálido, preguiçosamente. Um sopro frio no ar, e o sol, quase apagado, brilha preguiçosamente no alto do céu.

Ele está no pomar recolhendo laranjas quando ouve a voz de Eulália chamando-o. Há uma certa ansiedade nesse chamado. A voz dela, fina, uma nota mais alta do que o costumeiro. Pensa em Débora: chegou a hora. Nervoso, ele abandona sua pequena colheita e, sem querer, chuta o balde de lata derrubando seu conteúdo perfumado. Uma dúzia de frutos se espalha pela grama como se fossem bolas de sinuca rolando sobre o manto verde da mesa. Péssima jogada. Sai correndo, subindo pelo caminho do pomar, contornando as árvores. Seus pés afundam no barro macio, ele respira esse ar fresco. Seu coração bate descompassadamente, como vem batendo nos últimos dias. Aos arrancos.

Em frente à casa, encontra Eulália limpando as mãos freneticamente no seu avental xadrez.

— Ele chegou! — ela esforça-se por manter a serenidade.

— Ele quem, Eulália?

O coração, *bum-bum*, dentro do peito.

— O seu amigo, o senhor Stobel. Ele tocou o interfone, o Juvenal foi lá abrir o portão pessoalmente. — Ela remexe os olhos, nervosa. — O senhor sabe, é melhor conferir se ele veio sozinho...

Ele fica olhando o jardim silencioso e quieto sob a luz baça da manhã. Waldomiro não avisou que viria. Aliás, não deu notícias desde a partida. Nas vezes em que ligou, o telefone sempre caía na caixa postal. *Deixe seu recado depois do bip.* Ele não deixava. Telefonava mais tarde, e mais tarde ainda. Infinitas vezes ele telefonou.

Limpa as mãos na calça jeans. Também está nervoso. Será que a polícia chamou Stobel outra vez? Coisas passam pela sua cabeça. O cachorro de Juvenal começa a latir compassadamente lá do seu canto, perto da casa. Um latido oficial, preguiçoso. Não, dessa vez não há perigo. Waldomiro Stobel não é o anjo do Juízo Final.

— Cadê Débora?

— Está tomando banho — responde Eulália, os olhos miúdos postos no caminho de cascalho.

E então o barulho rascante rompe o silêncio da manhã. Primeiro ele ouve o zunido vindo dos lados do portão. Depois vê o cintilar azul, vê o motoqueiro com um capacete preto com listas vermelhas, um desses capacetes meio ridículos, grandes demais. O motoqueiro usa uma velha jaqueta de veludo, calças escuras de sarja. Nada elegante. Ele sorri, reconhecendo no piloto da velha motocicleta de Juvenal o seu amigo Stobel.

Mas então ele vê aqueles dois braços contornando a cintura de Stobel, os braços do carona. Alguma coisa estranha acontece dentro dele, um movimento desorientado dos seus músculos, um tremor agitando seu peito.

Recosta-se na parede da casa, sentindo as palmas das mãos úmidas. Só o que faltava era passar mal agora, ele pensa, maldizendo esse corpo traiçoeiro. Olha pros lados, ansioso. Até seus fantasmas o abandonaram.

O suor agora começa a brotar nas suas têmporas. Ele passa as costas da mão sobre a testa, enquanto a motocicleta desmazelada estrebucha uma última vez e para, meio de lado, a poucos metros de onde ele está.

Perto dele, Eulália está sorrindo. Seus instintos femininos, sua religiosidade, até seu pragmatismo são recompensados com esse acontecimento. Sim, porque a chegada de Waldomiro é um acontecimento importante na cronologia desse seu pequeno país particular.

Stobel desce da moto como um deus viking malvestido, um pouco encurvado também. Talvez a longa trajetória tenha deixado marcas na sua coluna sexagenária. Mesmo assim, há uma euforia latente nos seus movimentos, pois ele chegou e trouxe visita.

Eulália, que nos últimos tempos virou a confidente de sua neta, sabe de quem é o rosto que se esconde sob o segundo capacete, esse invólucro prateado, redondo e feio como a cabeça de um inseto gigantesco e malproporcionado.

Waldomiro Stobel caminha até perto dele e tira o capacete negro. Aparece seu rosto vermelho, sujo de poeira, cansado. Mas um brilho novo, eufórico até, arde dentro dos seus olhos pequenos, quando Waldomiro lhe estende a mão com inusitada energia.

Ele faz um esforço para se manter em pé com alguma galhardia. É bastante ridículo que esteja tão nervoso, assim avança, um, dois, três passos até a mão que Waldomiro lhe oferece, agarrando-se a ela como um náufrago a um pedaço de madeira. Uma mão quente e suada que ele aperta com força. Ou seria melhor dizer gratidão.

— Foi um périplo — diz Stobel sem preâmbulos. — Subornamos até um policial pra chegar aqui. Mas eu vim.

Waldomiro sorri, mostrando os dentes pequenos e opacos, enquanto ele balança a cabeça sem dizer nada, pego de surpresa pela realidade. Sem coragem de olhar aquele outro, o pai do seu neto.

Waldomiro afasta-se, fazendo um gesto largo com o braço:

— Acho que me saí muito bem naquela investigação. Então o carona salta da pequena motocicleta, cujo motor ainda parece gemer de exaustão, e para bem à sua frente. Ficam os dois assim por um segundo, enquanto um vento fresco escabela as copas das árvores, fazendo ecoar um suave gemer de folhas, um zumbido macio e acolhedor.

Ele se sente um pouco desconsolado, enquanto o rapaz retira seu estranho capacete, revelando, ao vivo, o rosto que viu aquela noite, na fotografia escondida sob as roupas de Débora. Não tem vergonha desse desconsolo: acabou-se o seu poder sobre a neta, acabou-se a sua importância.

Beto veio. Sabe-se lá de onde, e em quais circunstâncias, mas veio. A viagem não deve ter sido fácil. Olheiras circundam seu rosto bonito, fazendo ainda mais azuis os seus olhos vivos, pequenos e espertos. Esses olhos que o devoram.

— Você está aqui — diz e estende a mão, envergonhado das suas palavras redundantes, opacas.

Beto cumprimenta-o com certo embaraço, depois sorri. Sem dúvida é uma situação rara. Ele sorri em resposta, quebrando o gelo. Fazendo com que esse sorriso seja refletido nos rostos ao seu redor.

Nada nestes tempos é normal. Nada.

— Se eu soubesse — diz o rapaz — teria vindo antes. Débora sumiu, e depois a enchente...

É a primeira vez que ouve sua voz.

E ele gosta dessa voz. Se vai perder o posto, que seja. Seu coração ainda resfolega dentro do peito, avisando-o, pedindo cuidado. Um *bip* interno apita nos seus ouvidos.

Ele segura Beto pelo braço e diz num tom confidencial, aproximando seu rosto do dele:

— Débora está quase tendo a criança. Quase.

Por um instante, uma sombra cruza os olhos azuis do jovem à sua frente. Como as nuvens que se arrastam sob esse céu nebuloso.

Ele reconhece esse medo. Também já teve vinte anos, vinte anos e uma filha linda, inesperada como um temporal de verão.

Waldomiro aproxima-se falando:

— O tio do Beto tinha um posto de gasolina no Bom Fim. Foi por causa dele que conseguimos comprar gasolina pra subir a serra.

Waldomiro estala os lábios e vira o rosto, procurando Juvenal, que está parado a poucos metros dali.

— Nada seria possível sem essa sua moto, Juvenal. Um carro não teria vencido essa viagem. Acho que vou comprá-la de você.

E então, como se tivesse sido alertada pelas vozes, ela chega à porta da cozinha.

Débora.

Usa um vestido leve de algodão do mesmo verde dos seus olhos, e um casaco branco cujos botões não mais encontram suas casas por causa da gravidez adiantada. A luz baça do dia parece diluir suas formas, e ele olha-a uma, duas vezes, até compreendê-la bem. *Deborah*. Ao seu lado, o rapaz também a fita.

Um pássaro passa gritando no céu como se soubesse. Como se trouxesse, nas suas asas, o futuro. Essa esperança incerta.

Os quatro afastam-se. Waldomiro, Eulália, Juvenal e ele. Vão caminhando em silêncio, numa fila indiana. Seus passos desencontrados ecoam no ar úmido. Suspiros de outros tempos, como folhas que caem dos galhos ao derredor, parecem acompanhá-los pelo trajeto verde. Uma risada, leve como um sopro, ecoa nos seus ouvidos. Ele respira aliviado, reconhecendo seu som de sinos, o som do riso do menino que voltou para revê-lo, quem sabe uma última vez. Não sem medo, ele vira o rosto um pouco, buscando entre as árvores o seu vulto macio, o brilho caramelado dos seus cabelos. A doçura da sua misteriosa companhia.

— Vamos para o promontório — ele diz por fim, como um guia de viagem com seu pequeno séquito de turistas afoitos.

A risada do menino silencia, abafada pelas árvores, pela grama, pelo céu lactescente. E, depois de um breve momento, quando sua visão se abre para a garganta escancarada da montanha, alguma coisa se rompe, uma ideia, um fruto que amadurece com as suas palavras, quando ele diz:

— Fiquei pensando, acho que Débora vai ter uma menina.

E a sua voz, engolida pela paisagem, se perde na manhã nublada.

(A tempestade cai lá fora, seus urros ecoam nas venezianas como o choro dos mortos, de todos os mortos do mundo. O vento, ele pode ver pelo vidro da janela do quarto, o vento arranca as folhas das árvores, joga os galhos pelo céu numa fúria louca, de um lado para outro. Uma peça de roupa branca arrancada do varal passa voando em frente à janela, ou talvez seja um fantasma. Na luz indefinível desta hora — ele olha o relógio com o canto do olho, está prestes a amanhecer — tudo parece ser outra coisa. A previsão é de neve para os próximos dias, mas lá fora o mundo ainda tem muita raiva, muita ira a ser derramada. O vidro sacode ao som dos trovões, e relâmpagos lascam o céu em pedaços desencontrados.

Na solidão da casa quente, no refúgio dessas paredes, ecoa o vagido de um choro infantil. Ele sorri, com pena. O barulho e a magnificência do temporal acordaram a pequena Maria. Ele apoia a cabeça no vidro frio, sentindo seus tremores, como se o vidro, a casa, a própria montanha, tudo dançasse ao sabor dos trovões. Tudo, menos ele. A dor que vara seu peito vem aumentando numa escala geométrica. Sempre mais, sempre mais, sempre mais. Longe, como se fosse em outro plano, ele ouve a voz macia de Débora falando com a filha. Não, não vai chamá-la. Para tudo há um tempo nesta vida, até mesmo para o fim. Ele levanta o rosto contra a vidraça e vê mais uma vez o mundo lá fora, um pouco, um pouquinho mais claro. Amanhã haverá neve. Amanhã.

Ele arrasta-se até sua cama quente. A dor é uma longa montanha que ele tem que subir de joelhos. Mas o choro delicado de Maria é música. Trilha sonora. Ele fecha os olhos, exausto, e flutua nesse choro. No escuro do quarto ele sente que o menino vem chegando devagarzinho. Vem no carro da aurora, o seu menino. Então ele sorri, imune a esse terremoto da sua carne, a dor.

Abre os olhos. Agora o menino dança sobre ele, como se estivesse preso ao teto por alguma arte de prestidigitação. A luz prateada dos raios flutua no seu rosto redondo, ilumina a fogueira dos seus olhos castanhos. Ah, como é bonito o seu menino. E como é leve.

Então o menino lhe estende a mão num convite sem palavras.

O menino lhe estende a mão. E ele vai.)

Este livro foi composto na tipologia Minion, em
corpo 11,5/16, e impresso em
papel Off-white 90g/m² no Sistema Cameron
da Divisão Gráfica da Distribuidora Record.

Seja um Leitor Preferencial Record
e receba informações sobre nossos lançamentos.
Escreva para
RP Record
Caixa Postal 23.052
Rio de Janeiro, RJ – CEP 20922-970
dando seu nome e endereço
e tenha acesso a nossas ofertas especiais.

Válido somente no Brasil.

Ou visite a nossa *home page*:
http://www.record.com.br